いつかこの失恋を、幸せにかえるために

中村 航

角川文庫
23417

目　次

第 1 章

#パンダ可愛い　#もやもやする
#好きだからしょうがない　#旅行楽しみ
#地質調査　#お供　#猫のワルツ
#告白されそう

三月、久しぶりのデートに、なつきはときめいていた。

まずはパンダの整理券を取るのに並んで、それからゾウとカワウソとトラとバクの動物舎を見て回った。その後、パンダ舎に戻って、順番を待つ。

「あ、見えるよ！　可愛い！」

「おー、パンダだな。小さいな」

ガラス窓の向こう、遠く、親パンダと子パンダが見えた。

動くパンダを見るのは初めてだったけど、動画で見るのと生で見るのとは、やっぱり違った。動作のすべてが甘えているように見える子パンダが、とても尊い。知らん顔をしてのっそり笹を食べる親パンダだけど、どこかで子パンダを気にしているように見える。

上野《うえの》動物園にはパンダ目当ての客が押し寄せていて、ここまで辿《たど》りつくのは大変だった。でもそのぶん、小さな体で動く子パンダへの愛着が、湧きまくる。

「可愛かったね！　丸っこくて、超絶、可愛かったね！」

「そうだな」

二人はパンダ舎を出て歩き、やがて藤棚の下のベンチに落ち着いた。

「だけど、人が多すぎるよな。まさに客寄せパンダだし」

スマホを取りだした亮平《りょうへい》が、時刻を確認した。そのまま親指を滑らせ、メールか何かを見始める。

「あとちょっとしたら出て、早めにごはん食べようぜ」

「え？　もう？」

「パンダが見たかったんだろ？」

「……そうだけど」

スマホを見ながら話す亮平に、なつきはもやもやした。

デートする場所を考えるのは、いつもなつきだ。亮平はいつも、どこでもいいよ、と言うだけだから、そうするしかない。そして、なつきがいくつか提案したなかから、亮平がここがいいと言うところに決めている。

それなのに亮平には、なつきの行きたいところに行ってやっている、という意識があるようだ。

さらに言えば、チケットを取ったり、予約をしたりするのもなつきだ。社会人である亮平よりも、大学生のなつきのほうが時間があるから、それは別にいいのだけど、なつきが社会人になった後も、この役割は変わらない気がする。

動物園はまだ半分も回っていなかった。全部回って、出たところにある池でボートに乗ろう、となつきは思っていた。でも亮平はもう、あまりここにいたくないようだ。

「ごはん早めに食べて、その後、」

スマホをしまった亮平が、なつきの顔をゆっくりとのぞき込んだ。

「今日はゆっくりできるんだろ？」

彼は大きな手で、なつきの頭をなでた。

「……うん」

でもしょうがないのかもしれない。

頭をなでられて、きれいな目で見つめられて、なつきは赤くなってしまった。なつきは亮平の顔が好きだから、そういうことで、もやもやが晴れてしまうところがある。

本当はフェネックとか、アイアイとか、エミューとか、珍獣ツチブタとかに興味があった。でもまあ、それはいいかな、と立ちあがった亮平に付いていく。

動物園を出て、たまには豪勢にということで、カニを食べることになった。近くのビルの八階にある店に入り、カニすきを二人前頼む。先に届いたビールとウーロン茶で、二人は乾杯する。

同じ大学にいたころ、二人は毎日のように会っていた。亮平が就職してからも、週末にはたいてい会ってきた。でもこれから何ヶ月か、なつきの就職活動のため、それが難しくなるかもしれない。

今年に入ってから、なつきはインターンに参加したり、OB・OG訪問をしたりした。ずっと就職に現実感が持てなかったが、三月の今ではもう、すっかり就活モードだ。四月になれば大学も始まるから、忙しくなるのは、わかりきっている。

「それで、次は、いつ会えるかわからなくて」

「どうして？」

「来週は、説明会が入っちゃって。再来週も、多分」

亮平は不満そうな顔をしたが、なつきだって、なるべく会いたいのは当然のことだ。だけど要領の悪いところのある自分は、就職が決まるまでは、それに集中したほうがいい。なつきは就職に弱いと言われる文学部で、文化人類学を学んでいる。

「おれが就活してたときは、結構、会えてたよね？」

亮平はなつきを責めるような言い方をした。だけどそのころは、なつきが就活前だったから、予定を合わせることができたのだ。

「それは……そうだったけど……」

就活に臨む亮平を励ましたり、愚痴を聞いたりした覚えがあった。亮平が希望するところに就職を決めたときは、なつきも嬉《うれ》しかった。

「……亮平は六月の半ばにはもう、就職決めてたよね」

「まあね」

「わたしも、それくらいには決まるように、頑張るから」

「……六月か」

六月の半ばまであと、三ヶ月だ。それを亮平が長いと感じているのか、短いと感じているのかはわからない。

「もちろん、土日に、就活の予定が入らないときもあるし」

「……ああ、わかったよ」

亮平は不機嫌そうな調子で言った。

気まずいな、と思っていると、二人の間に、カニすきの鍋《なべ》が届いた。

コンロに火が点《つ》けられ、最初にカニの肩のところを入れるよう言われる。後は野菜を、煮えにくい順に入れていく。最後に、カニの脚を入れる。

「で？　どこ受けるつもりなの？　業種は？」

「あんまり絞れてなくて……。いろいろエントリーシートだしてみてるけど、とりあえず、東京で働けるところが、いいかなって」

亮平は、ちら、となつきを見た。

「総合職？　それとも一般職？」

「とりあえず、一般職にしようかな、って」

総合職か一般職か――。それは多くの二十一歳女子が直面する、大きな選択肢だ。会社の利益を追求して、自分のキャリアを積んで、将来は管理職に就いたりするのが総合職。一方、事務などをして、その総合職をサポートしていくのが一般職。

「せっかく大学でるのに、一般職でいいの？」

「……まだ、考え中だけど」

一般職は総合職より給料も低いし、出世することもない。だけど転勤などはないし、結婚や出産を考えれば、働きやすいと言える。なつきは最初は総合職にするつもりだったけれど、今は一般職に心が向いている。

「あと、とりあえず、ってのばっかだね。とりあえず東京とか、とりあえず一般職とか」

「……だって」

亮平は鍋に野菜を入れ始めた。煮えにくいものから、と言われていたのだが、亮平は特に構わず、すべての野菜を鍋に放り込んでいく。

「お前の意志はないの？」

「……」

ある、とも、ない、とも答えられなかった。

東京で働きたいのは亮平がいるからだし、一般職にしようかと思うのは、亮平との将来を考えているからだ。それだって立派な自分の意志なんじゃないか、となつきは思うのだが、そう言えば、そんなのは違うと否定されるだろう。

「お前はいつもそうだよね」

「……どういうこと？」

「もっと自分に、自信を持ったほうがいいよ」

どうしてそんなことを言うのだろう、と、なつきはうつむいた。別に相談しているわけではなく、訊《き》かれたから答えただけだ。自信がなくて悩んでいるわけでもない。

自分の意志とか、いつもお前はそうだ、とか言うけど、だったらデートの場所くらいたまには提案してくれてもいいじゃないか。亮平だって就職活動のとき、結構、不機嫌になったり、愚痴を言ったり、不安定だったりしたじゃないか。サポートと言ったら大げさだけど、なつきは彼の支えになろうと努力してきたつもりだ。

ぐつ、ぐつ、ぐつ、と、鍋が煮立ち始めていた。

「……まあ、ちょっと言い過ぎかもだけど」

亮平は、ふう、と大きなため息をついた。なつきは何か言おうとしたのだが、言葉が出てこない。

いつも本心は言えなかった。嫌われたくないし、気に入られたままでいたい。うつむき続けるなつきに、亮平は言った。

「あー、今のなし、なし。ちょっとおれもしばらく会えないって聞いて、ナーバスになってたのかも」

亮平は優しく微笑んでいた。

「ごめんな」

「……ううん」

なつきは首を振って、気を取り直そうとした。

家に戻ったらまた、言われたことを思いだして、嫌な気分になったりするだろう。

でもまた、好きだからしょうがないか、と思うのだろう。

「野菜はもう煮えたかな」

すっかりいつもの調子に戻った亮平は、カニの脚を鍋に入れ始めた。なつきは、ウーロン茶を一口飲む。せっかくだから、楽しい気持ちで食べたかった。

頭のなかに紙を思い浮かべてみる。嫌な気持ちは、その紙にまだらな模様を作る。と、その紙をくしゃくしゃっと丸め、ゴミ箱にポイッとする。よし——。

殻の半分が剝《む》かれたカニの身は、三十秒から一分くらいで火が通るらしかった。取り皿にだし汁と少しの野菜を取って、なつきはそのときを待つ。

「お！　美味《うま》い。さすがカニだな」

「……うん、美味《おい》しいね」

ふっくら、ほろっとした身を嚙《か》めば、独特の甘みと旨《うま》みが、口いっぱいに広がった。

「そうだ、カニで思いだした」

亮平は豆腐をすくいながら言った。

「まだちゃんと日程は決まってないんだけど、夏に北海道に、研修兼ねた長い出張があって。それで、その後、そのまま休みを取れるんだよね。あつ」

口に入れた豆腐が熱かったのか、亮平は少しはふはふとする。

「だから、夏休みには、北海道旅行しようか」

「え、ホントに!?　行きたい！」

なつきは声をあげた。北海道には行ったことがなくて、いつかは行きたいと思っていた。

「多分一週間くらいの出張になるからさ。その後、向こうで合流すればいいかなって。そうすれば飛行機代も浮くし」

「向こうって、札幌《さっぽろ》？」

「いや。帯広《おびひろ》とかそっちのほう」

「帯広って、どの辺りだっけ」

「北海道の真んなかより少し下のほう」

なつきの頭のなかに浮かんだ北海道の白地図の、真んなかより少し下に、網をかけた小さな円が描かれる。

「十勝《とかち》とか、そっちのほうなのかな？」

「へー、チーズとかの十勝か、楽しみ！」

スマホを取りだしたなつきは「帯広　観光」で検索してみる。

亮平から具体的にどこに行こうと言いだすのなんて、極めて珍しいことだ。しかもそれはなつきも行ってみたいところだ。

「帯広には……、ばんえい競馬とか、温泉とか、ワイン……、幸福《こうふく》駅とかがあるね」

「へえー」

亮平は新たなカニの身を投入しながら言った。どうやら亮平も、帯広について何も知らないようだ。

「じゃあさ、当日は、その幸福駅ってところで、待ち合わせしようか」

「え、すごい。素敵」

「そうしよう。ほら、カニ食べなよ」

「……うん」

嬉《うれ》しかった。苦難が予想される就職活動の先に、光が見えた気がした。

「わたし……それを楽しみに、就活頑張るよ。その頃には絶対、決まってるようにするし」

「そだねー、頑張んなよ」

北海道――。

ゆっくりと口に入れたカニが、さっきよりも美味しい気がした。

◇

亮平に言われたこともあって、なつきは総合職で就活に臨むことにした。

就活生に特別人気のある企業は無理そうだから、二番手、三番手くらいの、そこそこの会社で、なるべく条件の良いところを選んだ。条件のなかで重要視しているのは、ずっと東京で働けるかどうかだ。

一年くらい前から、自己分析、また業界・企業研究をして、就職先について考えてきた。自分のやりたいことや興味のあることを探り、それから自分に向いている業種や職種を考える。つまり企業と自分のマッチングを探るのだが、正直ぴんと来なかった。

いいじゃないか、と思う。亮平がいるから、彼との将来を考えているから、東京にいたい。それでもいいじゃないか。就職をして仕事を頑張ろうとは思っているが、いつか専業主婦になるのだって悪くないと、なつきは考えている。

だから決して高望みはしていないのだが、それでもなかなか就職は決まらなかった。

亮平に目安として伝えてあった六月も、あっさりと過ぎ去っていく。

同級生たちのなかには、四月や五月に内々定を得た人もいた。六月になるとその人数が増え、七月になるとさらに増えた。企業から断られるばかりのなつきは、亮平との旅行だけを楽しみに、何とか気持ちをきらさないように、説明会や面接に足を運び続ける。結局、上野動物園でのデート以降、亮平とは一度しか会えておらず、それも本当に短い時間だ。

八月になると、大手企業ではもう募集を打ち切るところもあった。今は就活生にとって売り手市場だ、という話を聞くが、本当なんだろうか……。

なつきは焦っていた。何とか北海道旅行前には、内々定をもらいたい。

その日もまた、なつきは面接に臨んでいた。

一次面接と二次面接を経た最終面接だった。一次と二次は候補者を絞る、つまり落とすための面接だが、最終面接は採るための面接だ。三名いる面接官の表情も、心なしか、一次、二次より優しげで柔和に見える。

「勤務は基本的に本店になりますが、転勤などは大丈夫ですか？」

想定していた質問を受けて、なつきの口は流暢《りゅうちょう》に動いた。

「はい。実家の両親が歳をとってきていることもあって、できれば東京での勤務を希望しますが、絶対に無理というわけではなく、臨機応変に対応したいと思います」

「そうですか……」

三名いる面接官たちの柔和な表情は崩れなかった。彼らの心情の変化に神経を張り巡らせながら、なつきは前向きな笑顔を作る。

できれば希望します、などと言いつつも、本当は絶対に東京勤務がよかった。だけどそれをそのまま言うと感じが悪いだろうから、言えるぎりぎりのラインで、もっともらしい理由を加えつつ、自分の希望を滲《にじ》ませている。

「森田《もりた》さんが弊社を志望された動機についてですが――」

「はい――」

準備した答えを述べていくなつきだったが、言うほど強い動機があるわけではなかった。決定力に欠けるなつきは、書類選考は通るものの面接で落ちることが多い。だけど今回こそは、うまくやりたい。

「おつかれさまでした。結果は一週間程度でお知らせします」

「はい、ありがとうございました」

明るく返事をしたなつきは、丁寧にお辞儀をした。

立ちあがり、出口のところで振り返ると、失礼いたします、とまた礼をした。春以降、何度も繰り返したこの所作は、すっかり板に付いている。

エレベーターに乗り込んでからも、なつきはまだ気を張ったままだった。会社のビルを出てからも、背筋を伸ばして早足で歩く。

今の面接はどうだっただろう……。

大きなミスはしていないはずだが、内々定はもらえるだろうか……。二箇所か三箇所、応答につまったところがあったのが悔やまれる……。でも今までの面接のなかでは、一番良かったのではないだろうか……。

地下鉄の座席に落ち着くと、自分が険しい表情をしていることに気付いた。強く瞬《まばた》きをして、大きく息を吸って吐いた。表情を緩め、手帳を開き、次に頭を切り替えようとする。

亮平とは、お盆の休みの時期に、北海道で合流することになった。お盆休みにはほとんどの企業が休みになるから、就職活動も一息つく。できれば就活から解放された状態で向かいたかったが、どうやらそれは厳しそうだ。

最終面接にまで漕《こ》ぎつけた企業があと一社残っており、その面接は明後日《あさって》にある。ひとまずは明後日の面接に頭を切り替えなければならない。

長い就職活動のなかで、なつきは知っていった。

自然体で就職活動を進めることなんてできない。自分本位に進めることもできない。

自分らしく、なんて言葉はいらない。

豪快なエピソードを語ったり、自分のユニークさを前面に出して内定を勝ち取ったなどという、武勇伝めいた話を聞くことはあるけれど、そんなのはごくごく一部の話だ。自分は多面性のある〃人間〃ではなく、会社とのマッチングゲームにエントリーした〃人材〃なのだ。

だから相手先の企業の業務内容を理解しようと努め、想定される質問の答えを入念に準備した。感じよく微笑みながら受けこたえし、求められる枠のなかに収まって無難にやっていける人材ですよ、とアピールした。問われればどの会社でも、御社が第一志望です、とまっすぐな目で答える。

だけど……。

だけどそれなのに、どうして自分にはまだ内定が出ないのだろう……。

もしかしたら全て見抜かれてしまっているのだろうか……。

自分はどういう人間なのか、どうしてこの会社を志望したのか、この会社で自分は何をしたいのか、将来の夢は何なのか——。なつきが答えるそれらが、付け焼き刃であることが、面接官にはすぐにわかってしまうのかもしれない。

用意した答えは、先方に合わせて作ったものばかりだ。自分が思っていることのうち、企業の望みそうなものを膨らませる。演じるような気持ちで、早くこの通過儀礼を終えたい、と願いながら面接に臨む。

三年ほど前から付き合っている亮平と、今まで通り付き合っていきたいから、勤務地は東京がよかった。だけどそれ以外には、人に話したときに通じるような、ある程度有名な会社がいい、というくらいだ。

そんなふうに選ぶのは良くないと思いながらも、みんなこんなものじゃないだろうか、とも思う。

長い猶予期間《モラトリアム》の最後に、大学生は魔法にかかったような顔をして、就職活動にいそしむ。誰だって世間の〝当たり前〟から、逸脱したくはない。大学まで行かせてくれた両親への感謝や、義理を果たすような気持ちもある。

明後日の面接に集中しなければ、と、なつきは手帳を閉じた。

自分がまた険しい顔つきをしていることに気付き、大きく息を吸い込み、吐いた。

◇

多くの企業がお盆休みになる期間、ほんのひとときだが就活も休みだ。

最後の面接がうまくいったのかどうかなんて、わからなかった。今までで一番良かったような気もするし、いつもと同じような気もする。だけど今はもう、そんなことを考えるのはやめてしまおう。

亮平との北海道旅行を思い切り楽しんで、就活はその後、また頑張る——。

学校が夏休みに入ってからも、ずっと予定を詰め込んでいたから、久しぶりの休みだった。羽田《はねだ》空港に早く着きすぎてしまったなつきは、第一ターミナルビルのフロアを見渡す。入ろうと半分くらいは決めていたドトールに向かい、粗挽《あらび》きソーセージドックとアイスティーを頼む。

通常のドトールではホットドックのソーセージが湯煎《ゆせん》のみで提供されるが、この店では鉄板でグリルされる。社会人でドトーラーだという亮平が、そのことを教えてくれた。

就職活動を始めてから、なつきは一人でカフェに入るようになった。説明会や集団面接などを終えて一人になると、こういった店に入り人心地つける。手帳を開いてメモを取り、次の予定を確認して、気持ちを切り替える。

そんなふうに時間を使うとき、自分がずいぶん大人になったな、と感じる。

搭乗までに、まだ五十分くらい余裕があった。なつきはスマートフォンで台風情報を確認する。

今日の朝、東京に台風が近づき、去っていった。今は台風一過の晴天で、フライトも順調に行われている。大きな混乱はないらしいけど、小型の台風はなつきの針路とほぼ同じように進んでいる。

台風は今、東北あたりを進んでいるようだ。なつきがこれから向かう北海道はあまり台風の影響を受けない地域だから、旅行の障害にはならないだろう。

今から向かうね、と、亮平にLINEしようかと思ったが、仕事中だろうから、やめておくことにした。

——今日も疲れた。旅行だけを楽しみに頑張ってる

——おつかれ、がんばれ

——○社、だめだった。でも明日も面接あるから切り替えなきゃ

——fight!（のスタンプ）

開いたトーク画面には、そんなやりとりが二、三日おきに残っていた。就活の愚痴ばかりだな、と、なつきは反省する。亮平はあまりマメなほうではなく、なつきもそれに合わせて、そんなにメッセージを送ることはない。

——最終面接終わったよー。明後日やっと会えるね。幸福駅で待ってるね！

——了解

最後のやりとりは、二日前のものだ。

この日が来るのだけを楽しみに、張り詰めた日々を送ってきた。二ヶ月ぶりくらいになってしまったが、やっと彼に会える。

窮屈なリクルートスーツとパンプスを脱ぎ捨てたなつきは今、カラフルな夏ワンピにサンダル姿だ。

北海道では帯広で二泊して、そのあと釧路《くしろ》で二泊する。どんなに忙しくても、役割は変わらず、なつきは自分の分の往復の航空券を取り、二人分のホテルを予約した。

幸福駅に着いたら、彼がレンタカーで迎えにきてくれる。

ドトールを出たなつきは、手荷物検査場に向かった。フライトは滞りなく行われている。

やがてなつきは、機上の人となった。

◇

リクルートスーツに身を包んで、不慣れな局地戦を続けている今からすれば、あの頃の日々は輝いていたように思う。

大学生になりたてのなつきは、授業が終わると単独で行動することが多かった。好奇心の赴くまま、図書館や体育館などの大学の施設を見て回ったり、いろんなサークルに顔をだしたりした。

ふと立ち寄った大学の厚生課で、学生のアルバイトやボランティアを募集していた。そのなかにあった『地質調査』というアルバイトに興味を惹《ひ》かれ、申し込んでみることにした。何となく化石の発掘のようなものをイメージしながら。

バイト当日、学生バイトのリーダーのような立場で参加していたのが亮平だった。よろしくね、と、爽《さわ》やかに挨拶《あいさつ》する彼を中心に、学生が七、八名集まり、どこかの職員さんと合流した。学生証の確認が終わると、車に分乗して庭園のような場所に連れていかれた。

後で知ったのだが、そこは宮内庁管轄の土地だったらしい。人のいない園内は奇妙に静かで、わざとらしくない程度に庭木が手入れされている。

園内のところどころに、杭《くい》とビニールテープで囲った一メートル四方の区画があった。どうやらその区画を一人が一つずつ担当し、地質を調査していくらしい。職員のような人が注意事項を説明し、亮平が学生に場所を割り振った。

囲われた場所をショベルで十センチほど掘り、土を脇の白いシートに積みあげていく。なつきは無心に、その作業をした。亮平は作業をするわけではなく、学生の間を回って指示をしたり、紙に何かを記入したりしている。

区画の土を掘り終えると、シートの上に集めた土を掻《か》き分けた。そしてなかにいる虫（ダンゴムシとかミミズとか）の数を数え、メモする。終わったら、土を元通りに戻し、後片づけをする。

「虫とかって、大丈夫なの？」

「ええ、触るわけじゃないし、こういうのなら平気です」

それが亮平と交わした初めての会話だ。

顔立ちが整っていて、背が高くて、優しそうな人だな、と、そのとき思ったことを、今でも覚えている。

その日は特に何もなく解散したのだが、それから二週間くらい後に、彼とキャンパスで再会した。

「あれ！　えーっと、なつきちゃん？」

「あ、はい」

彼が名前を覚えていてくれたことに、まず驚いてしまった。だけど自分は覚えていなくてどうしよう、と戸惑う間もなく、彼が言った。

「地質調査でお世話になった、久住《くすみ》亮平。今、ご飯食べにいくところだけど、なつきちゃんは？」

「あ、はい」

ちょうど二限が終わって、売店で何か買おうかと思っていたところだった。

「良かったら、カフェテリア一緒に行かない？」

「……はい。お供します」

「お供？」

可笑《おか》しそうに笑う彼の顔が眩《まぶ》しかった。じゃあ行こうか、と、先導する彼に続いて、なつきは混雑するカフェテリアへと向かう。

「おれの彼女になつきちゃんのこと話したら、会いたがってたよ」

「え……、どうしてですか？」

驚くなつきを見て、亮平は笑った。それからめんたいこクリームパスタを、フォークにくるくると巻く。

「地質調査のバイトに来る女の子なんて、珍しいからじゃない？」

まだお互いのことをほとんど何も知らないうちに、亮平は自分の〝彼女〟の話をなつきにした。

亮平はなつきより四つ上で、大学院の一年生ということだった。亮平の〝彼女〟は同じ大学の同級生だったが、院には進まなくて、この春から社会人になったらしい。

少し前まで高校生だったなつきにとって、彼はずいぶん大人の男性だった。ごく自然になつきを呼び止め、ごく自然にカフェテリアに誘い、スマートにパスタをフォークに巻く。ごく自然に自分の付き合っている彼女の話をする。

その日は、連絡先を交換して別れた。

それから週に一度か二度、お昼に誘われるようになった。大学の授業のこととか、お互いの友だちのこととか、話すのはたわいもないことばかりだ。

前期末、レポート作成やテストの準備で忙しくなると、二人が会うこともなくなった。このまましばらくは連絡がないのかな、と思っていると、全てのテストが終わった日に連絡が来た。

――テストお疲れさま！　反省会する？　反省するところある？

――そこそこありますね……

――じゃあ、今日の夕方、軽くご飯でもどう？

――はい、お供します

――お供！

大学の外で会うのも、夕飯を食べるのも、それが初めてだった。

だけど緊張したのは最初だけで、〝二人きり〟を意識するような場面はなかった。

亮平は自分の彼女の話をしたし、どこかにいい人いないの？　となつきに訊《き》いてきたりもした。

自分たちはそういう関係にはならない、という線がちゃんとある気がした。だから

ただ単純に、年上の格好いい先輩の話を聞いて、自分の話を聞いてもらって、という

時間が楽しかった。

二時間に少し満たないくらいで、亮平はさっと会計を済ませ、今日はありがとうね、と言った。まだちょっと話し足りないな、という雰囲気もあったけど、そんな引き際がスマートだな、とも思った。

「ありがとうございます。ごちそうさまでした」

「こちらこそ、ありがとね。またご飯でも食べようよ」

「はい、ぜひ」

「ちょっと相談っていうか、話聞いてほしいこともあるしね」

気を持たせるような感じではなく、ついでにちょっと、という感じの言い方だった。だから特に意識することもなくて、そのことを思いだしたのは二週間後にまた会ったときだった。

「わたし、○歳児って変だな、って思うんですよ」

「どうして？」

「だって、例えば三歳の子と○歳の子がいるとして、合わせたら三歳ですよね。○歳児の存在が消えてるじゃないですか」

「……んー、まあ、そうかもしれないけど。変なことを気にするね」

笑う亮平はその日、なつきの前で初めてお酒を頼んでいた。手元にあるタッチパネルで注文するスタイルの店で、ビールを三杯くらいは頼んだかもしれない。

半個室のようなところで二人、いつもと同じような会話が続いた。だけど二時間が経った頃、彼はいつもと違うトーンの声をだした。

「あのさ、おれね」

「はい」

亮平はなつきをちら、と見たあと、少し目を伏せるようにした。

「……最近、彼女とうまくいってなくてさ」

「え、そうなんですか？」

「……うん」

うつむく亮平が、いつもの自信溢《あふ》れる様子とは違って見えた。

「……まず、なかなか会えないんだよね。相手が社会人になってから」

そう言えば亮平は、何か相談があるとか言ってたな、と、なつきは思いだした。だけどそれが恋愛の話だとは、思ってもみなかった。

「やっぱり社会人になると、いろいろ大変らしくてさ……。でも、こっちは学生だから、相談されても、アドバイスなんてできないし……」

弱々しいトーンで話す亮平を、なつきは少し驚きながら見つめた。

大学生の頃から付き合っている二人は、大きなケンカをしたこともなかったという。でも今、社会人と大学生に分かれ、お互いへの不満が膨らみ、気持ちはすれ違ってばかりらしい。

「もう、カウントダウンに入ってる気がする」

悲しげな顔をした亮平が、手元のグラスを見つめた。

「たまに予定を合わせて会っても、ケンカばかりで。だったらもう、別れたほうがいいって、お互いわかってるんだよ」

うまく返事のできないなつきは、ずっと無難な相づちを打つばかりだ。

「……こんなふうに会っていれば、解決することもあると思うんだけど」

亮平はじっとなつきの目を見た。どう答えていいかわからないなつきは、目を伏せてしまった。

「ごめんね、なつきちゃんに、こんな話」

「いえ」

なつきは首を強く横に振った。こういう話は、家族や男友だちにはしにくいのだろう。まだ誰とも付き合ったことのないなつきに、うまいアドバイスはできないけれど、話したいことがあるなら、何でも話してほしかった。

「聞くだけしかできませんけど。わたしで良ければ」

「ありがと。なつきちゃんは、優しいね」

「いえ、わたしは何も……」

「でも、今日は聞いてもらって、少し楽になった」

亮平は少し微笑んで言った。

「今日もだけど、いつもなつきちゃんには、元気もらってるよ」

タッチパネルに目を落とした亮平は、会計のボタンを押した。

「今日はごちそうさせてね」

「いえ、大丈夫です。この間もだしてもらったし」

なつきはお金をだそうとしたが、受け取ってもらえなかった。

「それより、また良かったら、話を聞いてよ」

「……はい。……ごちそうさまです」

その後の亮平は、いつもと同じ感じに戻っていた。

なつきも同じように振る舞おうとしていたが、胸の内はいつもと少し違った。先輩も男の人なんだな、と、今さらながら感じていたのだが、その理解は動揺に似ていた。

それから一週間くらい経ち、前回と同じ店で会った二人は、また前回と同じようなメニュウを頼んだ。

「もうすぐ、別れることになりそうだよ」

一杯目のお酒に口をつけてすぐに、亮平は言った。

「会えないでいるうちに、お互いもうね、気持ちが薄れているんじゃないかって」

沈んだ表情の亮平に、そうですか、と返すのが精一杯だった。

元気だしてください、と励ますのも違う気がしたし、飲みましょう、と明るく勧めるのも違う気がした。先輩に対してできるアドバイスもないし、つらいですね、と共感するのも違う気がする。

亮平は寂しげに笑い、グラスから手を離した。運ばれてきたサラダを受け取り、取り分けようとする。

「あ、わたしがやりますよ」

「いいって、いいって。おれこういうの得意だから」

きれいなミニサラダを二つ作った亮平が笑った。

無理に明るく振る舞ってくれているのだろうか、と、なつきは少し心配になる。心の内はわからないけれど、亮平はいつもと変わらない様子に戻っている。

「そう言えば、なつきちゃん、前に言ってたアルバイトは、まだ行ってるの？」

「……校庭開放のですか？　楽しいですよ」

地質調査の次に、また大学の厚生課で見つけたアルバイトのことだ。小学校の校庭開放の管理をする、というか、つまり小学生と遊ぶバイトだ。

「小学生男子に、めっちゃタックルされますけどね」

「へえー、今度、タックルの切り方を教えてあげるよ」

滑るように円を描き、ときどき休符をはさみ、少し跳ねる。猫のワルツのような、二人の会話は続いていく。

「ありがとね、いつも」

出会ってから、二ヶ月くらいだった。亮平はなつきの話を面白がってくれるし、なつきは物知りな亮平の話にいつも感心する。

「今日も、なつきちゃんと話せて、元気になれたよ」

亮平はタッチパネルの会計ボタンを押した。

「……おれ、今は、正直ね、」

なつきの目を見た亮平が、言葉を区切った。

「なつきちゃんのことが、一番、好きだよ」

驚くなつきから静かに目を離し、亮平は自分のかばんを開いた。何かをしまい、また何かを取りだす。

声をだせないなつきが、その様子を眺めていると、横から伝票を持った店員が現れた。

「……あの」

立ちあがった亮平に、声をかけた。

「今日はいいよ。大丈夫」

うまく頭の働かないなつきは、その意味がとっさにわからなかった。

それは……。

今日は返事をしなくてもいいという意味なのか、それともお勘定のことなのだろうか……。

会計に向かう彼に棒のように付いていき、会計する彼を棒のように見つめた。彼は一体、なつきに何を求めているのだろう……。

「今日は本当に大丈夫だよ」

「……ありがとうございます。ごちそうさまです」

何ごともなかったかのように微笑み、亮平は先に歩きだした。

駅へと続く雑踏の、様々な色のネオンが後ろへと流れていった。こうやって歩いていると、ついさっき好きだと言われた出来事が、幻のように思える。

だけど駅のホームで電車を待つ間、亮平は言った。

「おれはまだ、そういう告白めいたことを、言える立場じゃないから」

まっすぐに前を向く亮平の横顔を、なつきは見た。

「でも、言えるようになったら、ちゃんと言うよ」

電車の到着を伝えるアナウンスが鳴り、やがてホームに電車が滑りこんできた。

帰りの電車のなかで、二人はあまり喋《しやべ》らなかった。

第 2 章

#北海道　#試される大地　#輪作
#ドン加工　#幸福駅　#夢見るSunflower
#シューレスニンジャガール
#ごめんじゃないよ　#幸福じゃないし

北海道――。

およそ一時間半のフライトを経て、飛行機は降下していく。

分厚い雲を下に抜けると、十勝平野が見えた。緑と黄土色の区画が、パッチワークのように連なっている。それはまさに中学生のときに社会科で習った『輪作』の光景だ。

『輪作』とはつまり、小麦↓じゃがいも↓大豆↓ビート(砂糖の原料)、といったように、一つの畑で年ごとに違う作物を育てることを言う。その際、土の上で実を作る小麦・大豆と、土の下で実を作るビート・じゃがいもを、交互に植えると土が痩《や》せない――。

その目で見える輪作がぐんぐんと近づき、飛行機は今、とかち帯広空港に着陸した。

シートベルトを外して立ちあがり、誘導に従って前へと進んだ。ボーディング・ブリッジを抜けると、その大地に着いた実感がこみあげてくる。

北海道！

やはり気温が東京とは違った。ターミナルビルの窓から見える光景も、遥《はる》か遠くまで見通せる。ここは広大な大地の真んなかの、可愛らしい空港だ。

帰省客の多い時期のはずだが、それでも人はまばらだった。電車などは通っておらず、観光客は皆、レンタカーやバスやタクシーを利用するようだ。

ターミナルを出ると、黄色いバスが停まっていた。飛行機が到着した十五分後にバスが出発する、というシステムらしい。今は十五時で、亮平の仕事が終わるのが十七時とか十八時だから、先にホテルにチェックインして、荷物を置いてくるつもりだったけれど……。

路線図を見ながら、なつきは考えた。バスは幸福駅を経由し、ホテルのある帯広駅に向かう。帯広駅までは四十分かかるが、幸福駅までは九分とのことだ。幸福駅に今はもう列車は走っていないが、まるで空港の最寄り駅のような近さだ。

なつきはバスに乗り込んだ。九分、と知って、今すぐ行きたくなってしまった。帯広駅まで行って戻ってくるより、幸福駅で軽く観光しながら亮平を待とう。

――空港に着いたよ。先に幸福駅に行って待ってるね

バスのなかで亮平にメッセージを送った。彼はまだ仕事中だからか、既読は付かない。

空はどんよりとしていたけれど、今すぐ雨が降るという感じではなかった。じきに台風が過ぎれば、一気に晴れるだろう。この時期、北海道のなかでも特に十勝の気候は、安定しているという。

やがて動きだした黄色いバスに揺られながら、なつきは車窓を眺めた。目に入るものが独特で、いちいち興味を惹《ひ》かれる。

道道《どうどう》。

標識に「道道109」と書いてあって、まじか、と思った（県道や都道があるのだから道道があってもおかしくはないが）。道路の脇には、白樺《しらかば》が植わっている。雪が積もったときのためなのか、赤と白のストライプ矢印が、上から道路の白線を指し示している。

遠く、一面、濃い緑のトウモロコシ畑が見えた。畑のふちに針葉樹が一列に並んでいる。道には信号が少なくて、バスは順調に走る。

まっすぐに延びた道の向こうに、鉄塔があった。パラボラアンテナのようなものが上部についている謎の鉄塔だ。そしてその先に、さらに謎の看板があった。

——ドン加工（こめ、トウキビ、いなきび、小豆《あずき》、黒豆）

ドン加工とは一体……。

あまりに気になりすぎて、手帳を取りだし『ドン加工』とメモしたとき、ちょうどバスが減速した。大きく右折したその先に、広い駐車場が見える。バスは早くも幸福駅に着いたようだ。

乗客は十人くらいいたが、そこで降りるのはなつき一人だった。料金を支払い、ステップを降りて、地に足をつける。ドアを閉めたバスが、大きく旋回しながら去っていく。

三、四十台は入れるかという大きな駐車場に、ぽつぽつと車やバイクが駐《と》まっていた。辺りを見渡したなつきは、へえ、と感嘆の声をもらす。

のどかに広がる田園風景のなか、橙色《だいだいいろ》の車両と古い駅舎が、ちょこんと在った。芝生のやわらかな緑に、ところどころもみの木の濃い緑が混ざる。黄色、赤色、紫色、

る。と、色とりどりの花が、線路脇に咲く。一面黄色の隣の畑に、夢見る向日葵《サンフラワー》が咲き誇

幸福交通公園——。

駐車場の先の大きな説明看板に、なつきは歩み寄った。

看板の説明によると、この地域はもともと幸震《さつない》という名だったらしい。福井からの移住者が多かったことから、やがて福井と幸震の一文字ずつを取り、幸福という名で呼ばれるようになった。そして一九五六年に、旧国鉄広尾《ひろお》線の「幸福駅」が誕生した。

一地方交通線の一無人駅に過ぎなかった「幸福駅」だが、一九七三年にＮＨＫの番組「新日本紀行」に取りあげられると、一気に有名になった。全国から観光客が訪れるようになり、縁起物として「幸福駅」の入場券や、同じ広尾線の「愛国駅《あいこく》」とを結ぶ切符が売れるようになった。

もともと年に十枚程度しか発券されなかった「愛国→幸福」の切符が、一年に三百万枚売れたという。ミリオンセラーの大ヒットは、その後、何年も続いた。また芹洋《せりよう》子《こ》の唄《うた》う「愛の国から幸福へ」という歌謡曲もヒットした。

若者たちを中心としたそのブームは続いていたのだが、広尾線自体の収益は悪化していった。そして一九八七年、赤字を積み重ねた広尾線の廃線が決定する。

観光地として人気のあった幸福駅は、その後、ふれあい広場として整備された。平成に入ると「恋人の聖地」としても認定された。

今は廃線から三十年あまり……。

なつきは再び、その公園を見渡した。きっと天気が良かったら、もっと良いロケーションなのだろう。ここは今も、恋人や家族連れが笑顔で訪れる、幸せに満ちた駅だ。

スマートフォンを確認したが、まだ亮平の既読は付いていなかった。旅行かばんを抱えたまま、なつきは歩きだす。今日は天気が良くないせいか、公園に人はまばらだ。

足下で愛らしい花々が咲き、顔を上げれば橙色の車両があった。レールや車両は当時のもののようだが、保存状態が良く、遠目には今でも動きそうに見える。パンタグラフなどがないから、ディーゼル車なんだな、とわかる。

脇にある木製の階段を上れば、車両のなかに入れるようだった。遠目の色は鮮やかでも、近くで見ると、色合いや材質の感じからかなり古い車両だとわかる。

なかはちょっとした展示室のようになっていた。かつてはあったであろう座席やつり革は取り外され、天井の扇風機だけが残っている。両側の窓から見える外の芝生の緑が、目に優しい。

壁には写真や、説明書きが貼ってあった。堅苦しい感じではなく、学校の文化祭の展示のような感じだ。なつきはその一つ一つを、興味深く眺めていく。

昭和の光景だ。

手前のほうは白黒写真だった。何台かの自転車が駐められた素朴な駅舎。走る蒸気機関車。雪景色の幸福駅。バイクで集まってくる観光客の姿。さよならＳＬのイベントに集まる人々。「こうふく」と書かれた駅名板の前で記念撮影する若者たち。

やがて写真はカラーに変わっていく。満面の笑みのカップルの写真。ここで結婚のセレモニーをしたカップル。写真に写る人々は、みな、幸せそうに見える。

ここには幸福しかないのかもしれない。

それぞれの時代を精一杯に生きた人たちが、かつて一時、この場所で幸福を願った。写真になった彼らの願いはまた、今もここで、見る人々を幸せな気分にしている。

車両を降りたなつきは、さっきよりも浮ついた足取りで、駅舎のほうへと向かった。左奥にもう一両、同じような車両があるが、そちらには後で向かおう。その前に――。

駅舎の手前にアーチのようなものがあって、幸福の鐘というものがぶらさがっていた。

本当ならきっと二人で鳴らすコンセプトなのだろうが、今は亮平のぶんも合わせて一人で鳴らそう。どうか二人が幸せでありますように、と、なつきはひもを静かに揺らした。

からん、からん――。

響く音は、確かに幸せの音だった。その余韻とともに、なつきはアーチをくぐる。

先には「幸福駅」と書かれた木造の古びた駅舎が見えた。かつては無人駅の待合室として利用されていたのだろう。今はその外壁の一面に、観光客が残していったメッセージカードが貼り付けてある。

足を止めたなつきは、すごい数だなあ、とそれらのカードを眺める。だけど駅舎のなかはそれ以上だった。メッセージカードや切符や名刺やメモが何重にも貼られ、壁一面がこんもりとしている。溢《あふ》れんばかりの思いが、この古びた駅舎のなかに詰まっている。

ずっと一緒にいられますように！
次はベイビー連れてくる!!
もうすぐ一〇周年！　光♡杏奈《あんな》
これからも仲良し！
しーちゃんが無事に帰国しますよう！

ゆうじ・ののか・あくあ・ゆっこ――

のんちゃん生まれてくれてありがとう――

めぐがよく眠れますように――

健康と長生き――

お店がうまくいきますように！　ちゃま&しーこれ――

シューレスニンジャガール参上！

いつまでも幸あれ――

今年こそ合格したい！　合格したい！

お金がいっぱい手に入りますように――

ドリブルがうまくなりたい！

あの人にわたしの気持ちが届きますように――

眩《くるめ》くような気分で、なつきはそれらに目をやり続けた。合格とか就職とか優勝を願っているものもあるし、日付を書いてあるだけのものもある。外国語のメッセージも少なくない。

駅舎を抜けた先には、少し開けた場所があって、何人かの観光客がいた。右手には木々に囲まれた芝生のスペースがあり、左手にはみやげもの店がある。

なつきはその店をのぞいてみた。狭い店内には、ぎっしりとみやげものが置いてある。

幸福駅の各種切符や、幸福Tシャツ、福を招くお箸《はし》や、キーホルダーや、通行手形や、お守りや、絵馬や絵皿や、フクロウやリスの置物や、帯広の水やお菓子、手ぬぐい、キタキツネのぬいぐるみや、ステッカーやポストカード、と、およそ考えられる限りのみやげものが並んでいる。

幸福のキップ有ります——。

メインの売り物はやはり、切符のレプリカのようだ。昭和を感じさせる硬い券で、日付や通し番号の入っているものが、二二〇円ということだ。いろんな種類の切符を販売しているようで、今日の日付だったり、記念の日付の切符だったり、縁起の良い通し番号だったり、ペア切符だったり、五円玉の付いたキーホルダーになっているものもある。

買うのは亮平と合流してからにしようと思い、なつきはその場を離れた。右に進めばそこは、森のなかの小さな広場といった風情だ。

いくつかのベンチがあって、ハートのモニュメントがあった。大きな切符や、列車の行き先表示板のオブジェもあった。なつきはそれらを写真に収めてまわる。

気付けば辺りに人はおらず、観光客はなつき一人になっていた。

思いだしてスマホを確認してみると既読が付いている。時刻はもう、十七時になろうとしている。

亮平からの返事はまだだったが、仕事が終わったところなのかもしれないし、もうこちらに向かい始めている可能性もあった。

跳ねるような足取りで、駅舎のほうへと向かった。

こんなに素敵な場所で、久しぶりに亮平に会える。ずっとこの日だけを楽しみに、なつきはつらい就職活動に耐えてきたのだ。

スマホの通知を気にしながら、まだ見ていない車両のほうに向かった。駅舎を抜け、幸福の鐘のアーチをくぐる。右のスロープを上がると、そこはかつての駅のプラットホームだ。

風情のある板張りのプラットホームは、多分、当時のまま保存してあるのだろう。映画のセットみたいだな、と思ったけれど、再現セットにはないリアリティがある。

ホームを歩くと「こうふく」と書かれた白い駅名板が目に入った。その先に橙色《だいだいいろ》の車両が一両あって、こちらもなかに入れるようだ。

普段、電車に乗り込むときと同じように、なつきはその車両に入った。こちらはかつての状態をそのまま保存しているようで、床は板張りで、座席や網棚なども古いままだ。

車両の中央辺りまで歩いて、座席に腰掛けてみた。二人座れる青くて固いシートが、向かい合わせに並ぶ。窓の下に灰皿が付いているところに時代を感じる。

天気のせいもあるのか、外はもうずいぶん暗くなっていた。返事はまだだったから、少し迷ったけれど、今どこ？　と追加でメッセージを送ってみた。

これから合流しても、いろいろ見たりはできないだろうから、明日あらためて一緒にここに来るのもいいかな、と考えながら、手帳を取りだした。四泊した後、帰りはまた帯広空港だから、そのときここに寄ってもいいのか、などと考える。

また画面に目をやると、今どこ？　にも既読が付いた。向こうが今、返信を書いている気がして、なつきはじっと画面に目を凝らす。

だから届くと同時に、それを確認した。

——ごめん、東京

東京？　とっさに書かれていることの意味を把握できなかった。東京に戻る人がいて——、とか、東京から連絡があって——、とか、続きがあるのだろうか……。しばらく待っても続きが来ないので、東京って？　と送った。数秒の後に既読が付き、また何秒か置いて返事が来た。

——今、東京にいる。ごめん

どういうこと？　と混乱しながら、それをそのまま文字にした。もしかして亮平は何かの都合で東京に戻ることになって、今からこっちに向かうのだろうか……。だとしたら航空券は大丈夫なのだろうか？　こちらには何時に着けるのだろうか？

——仕事は十四時くらいに終わったんだけど、そのまま東京に戻ってしまって

動揺のあまり頭はうまく働かなかったけど、ひとまずなつきは心配していた。亮平の身に何か緊急事態が起きたのだろうか。病気とかケガとか、親が倒れたとか、そういうことだろうか……。

亮平の返事は、一定のペースで、淡々と届いた。

――どういうこと？　電話する？

――ごめん、移動中だから無理

――わたしは十五時くらいには着いてた

――うん、わかってる

――いつこっちに来られるの？

――ごめん、行けない

――どうしたの？　何かあったの？

――ごめん、おれたち別れよう

すう、と血の気が引いていった。それは……、それは一体どういうことだろう……。動揺しながらも、そんなわけはないという気持ちだった。だけど画面をなぞる指が震えていた。

――なに、どういうこと？

——ごめん、本当におれの勝手だけど
——それって、本気で言ってるの？
——こんなタイミングで、本当にごめん
——どうして？　何かあったの？

次の返事はなかなか来なかった。やっぱり何かあったのだろうか……。

スマートフォンを握りしめるなつきの頭のなかに、いろいろな可能性が浮かんでは消えた。誰かに脅されている、とか、あるいは急に、冗談だよー、と言いながらここに現れるとか……。

脈が速くなっているのが、自分でもわかった。

やがて長い返事が戻ってきたとき、なつきは卒倒しそうになった。


——なつきのことが好きだし、だからずっと付き合ってきたし、なつきに対して不満があるわけじゃないんだ。将来のことも考えていたし、今でも大事にしたいと思っているよ。だけどここ何ヶ月か、ずっと会えなくて、おれはずっと会いたかったんだけど、でも会えなくて……。それで自分でも勝手だと思うけど、少し気になる人もできてしまったんだ……。だったら中途半端に付き合うのも違うな、って思ってしまって……。なかなか言いだせなくて、本当にごめん。

嘘だろう、と思った。目を疑うとは、まさにこのことだ。そこには確かに〝なつきと別れたい理由〟が書いてある。もう一度読もうとするのだが、目眩《めまい》がするような感じで、うまく頭に文字が入ってこない。

これは本当に今、起こっていることなのだろうか……。

震える指で、ようやくそれを書いた。

——ちょっと、急に何言ってるの？

返事を待つ間に、もう一度読み直してみたが、書いてあることは変わらなかった。

亮平は一体、何を言っているのだろう。なつきのことが好きだとか、不満がないとか、大事にしたいとか、将来のことも考えるとか、前半に書いてあることはわかる。だけど、おれはずっと会いたかった、って、そんなのはこっちだって一緒だし、前みたいに会えるようになるため、なつきは就職活動を頑張ってきたのだ。そのことは亮平だって、知っているじゃないか。

だいたいこの文章には違和感があった。不満があるわけじゃないんだ、とか、できてしまったんだ、とか、亮平が今までにこんな、自分語りふうの文章を書いてきたことはない。これは……、これは本当に亮平が書いたものなのだろうか……。本当なんだろうか……。

ぐるぐると頭のなかで思考が回転した。なつきは頭のなかで、何かを探そうとしていた。理由とか、原因とか、誤解とか、何でもよかった。だけどそういったものは、欠片《かけら》も見つからない。

——ごめん。なつきには本当に申し訳ないと思ってる

——申し訳ないって、本当に意味がわからないんだけど。まず、わたし今、わざわざ北海道まで来て、ここにいるんだよ

——行けなくてごめん。天気が崩れるみたいだから、早めにホテルに行ったほうがいいよ

——それ本気で言ってるの？

——ごめん、本当に

——どうして？　今ここで待ってるんだよ
——ごめん
なつきはスマートフォンを投げ捨てそうになってしまった。本当に本当に本当に本当に、意味がわからない。
ごめん、って、亮平はなぜそんなことを言うのだろう。このまま、ごめん、ごめん、と、それだけで押し通そうとしているのだろうか。
胸が苦しくて吐きそうな気分だった。視界が青く狭まり、呼吸がうまくできない。目を閉じたなつきは、呻《うめ》き声のようなものをあげ、座席のなかでうずくまった。何なんだろう。信じられない。本当にあり得ないし、これっぽっちも信じられない。だいたい今起こっていることは、本当のことなんだろうか……。
なつきは膝《ひざ》を何度か叩《たた》くようにして立ちあがり、よろめくように歩きだした。車両を抜け、ホームを歩き、来た道を戻る。目の前の数メートルしか視界がなかったが、それは外が暗くなってきたからだけではない。
線路を渡ったところで、握りしめたスマートフォンにまた目をやり、通話ボタンを押した。今、電話できないと言っていたが、そんなのはもう関係なさすぎる。自分に起こっていることを、なつきはまだ信じきれていない。

「……もしもし」

聞こえた亮平の暗い声に、なつきは卒倒しそうになってしまった。

どうしてそんなに冷たい声をだせるのだろう。

本当にこの声の主は亮平なのだろうか。今日、ここで久しぶりに会うんだと、何ヶ月も前から約束していたはずなのに——。

声をだせないなつきの足だけが動いた。自分がどこに向かっているのか、よくわからなかった。こんなところで一人取り残され、自分はこれからどうなってしまうのだろう。

「なつき、大丈夫?」

「大丈夫って……」

ようやく振り絞った声が震えていた。

「大丈夫なわけないじゃん! こんなの、おかしいでしょ? 大丈夫なわけないでしょ」

「……ごめん」

ごめんって……。

この人は、ごめんと言えばいいと思っているのだろうか。この人は本気で、こんなにも唐突に、こんなにも一方的に、こんなにも理不尽に、二人の関係を終わらせようとしているのだろうか。本気でそうしようとしているのだろうか？

「どうして？　少なくとも今、そんなこと言うのっておかしいよね？　今わたし、北海道にいるんだよ」

「……ずっと会えなくて、それで、ずっと言いそびれちゃってて」

「そんなのおかしいでしょ！　だって、旅行するのはずっと前から決まってたのに、その間、ずっと言いそびれてたってこと？」

「それは……、なつきが就職活動を頑張ってたから、余計な負担をかけたくなくて」

「はあ!?」

なつきは足を止め、大きな声をだした。

「わたしのためにそうしたってこと？　わたしのことを考えて、結果、ここに置き去りにしたってこと!?」

「……そういうわけじゃないけど、このまま一緒に旅行したら、……また同じことを繰り返すなって思って」

また同じことを繰り返す――。なつきはその言葉に唖然《あぜん》としながら声をだした。

「そんなの、もしそうだとしても、出る前に、言ってくれないと！　わたしもう、こっちに来ちゃってるし！　今日でも昨日でも、出る前に言えば、間に合うでしょ！」

何年も付き合ってきて、将来のことも考えていて、急に別れようと言われて、そんな大きなことが起きているのに、自分はどうして、こんなことを言わなきゃならないんだろう。

「ずっと楽しみにしてきて、わたし今、こんな誰もいないところに一人でいるんだよ！　今日だってずっと待ってたのに……。別れたかったなら、昨日言えばいいでしょ！　どうして昨日言わないの⁉」

本当にショックなのは、亮平の心が変わったことなのに、どうしてこんなことを言わなきゃならないんだろう――。

「何なの？　別れ話でも何でも、せめて会って言ってよ！　こんなの理不尽すぎるって思わないの⁉」

「……ごめん」

再び聞いたその言葉に、感情の波が一気にせりあがった。

「今から来てよ！　別れたいなら、会って言えばいいじゃない！　目の前で言われないと、そんなのわからないし！　今から来てよ！」

「……無理だよ。もう飛行機も取れないし」

「はあ⁉　飛行機のせいなの？」

会って言おうが何だろうが、本当はそんなことは関係なかった。二人が別れるという、とても受け入れられない巨大な現実に、なつきは抗《あらが》っているだけだ。

「じゃあ、明日でいいから来て！」

「……ごめん」

それが謝罪ではなく、拒絶の言葉に聞こえた。

「ごめん、ごめん、って……、さっきからそればっかりじゃん」

「……ごめん」

「もういい！」

通話を切るのと、しゃがみ込むのがほぼ同時だった。声をあげて泣きだしたのも、ほとんど同時だった。

本当に、こんなふうに突然、終わるのだろうか。

こんなにもみじめに終わり、こんなにも何も見えなくなるものなのだろうか。

こんなにも悲しいことがあるんだろうか――。

ううあああ、となつきは呻き声をあげた。ぼたぼたぼた、と涙が膝の上に落ち、また頬や腕をつたった。生ぬるい温度が肌を流れ、一所に留《とど》まる。

本当なんだろうか……。幸福しかないはずのこの場所で、泣いて泣いて泣いて泣いたら、この悪夢から醒《さ》めるんじゃないだろうか……。

彼のことがずっと好きだった。

ずっとその恋に夢中で、ずっと一緒にいるのだと思っていた。初めてできた恋人がこの人で、なんて幸せなんだろう、と思っていた。このつらい就職活動を終えればまた、前みたいに、いつでも会えると思っていた。

なのに、どうして……。

涙は止まらなかった。やがて涙とは別の水滴が、首筋に一粒落ちる。

二粒、三粒、と続いたそれが、崩れ始めた天気のせいだとわかった。だけどなつきはもう、動くことができない。

降るなら降ればいい、と、思った。雨が涙と一緒に、全てを洗い流してくれればいい――。

びろりん、と、そのときスマートフォンの通知音が鳴った。

泣き声をあげながら、握りしめていたそれのロック画面を解除した。頭はのろのろとしか反応しなかったけれど、しっかりしなければならない。

何だろう……。また謝られるのだろうか……。亮平は今さら、ここに来たいと言うのだろうか……。もしかして、別れを考え直してくれたのだろうか……。なんだかんだと言い訳でもするのだろうか……。それとも亮平は本当はまだ北海道にいる、という話なのだろうか……。

なつきはすがるような気分で画面を見つめた。嘘みたいだった。

どうしてだろう……。どうしてこんなタイミングで、こんなものが届くのだろう……。

森田様。

先日は弊社にお越し頂きまして、誠にありがとうございました。

慎重かつ総合的に選考を重ねました結果、誠に遺憾に存じますが、今回は採用を見合わせさせていただくことになりました。

あしからずご了承くださいますよう、お願いいたします。

末筆ながら、森田様の今後の益々のご活躍をお祈り申しあげます。

何日か前に最終面接をした会社からのメールだった。

何度も何度も見たことのある、おなじみの文面だ。今度こそうまくいったんじゃないかと思っていたけど、いつもと同じように、なつきは今後の活躍を祈られている。

雨足は強まっていた。薄暗い北の大地の幸福の駅で、なつきは恋人にフラれ、企業から祈られ、一人きりで雨に打たれている。


企業にも、亮平にも、必要とされていないのだ。


ごめんじゃないよ、となつきは何度も思う。

祈ってんじゃないよ、となつきは何度も思う。

髪も顔もびしょ濡《ぬ》れで、もう自分が泣いているのかどうかもわからなかった。

犬のように顔をぶるぶると振り、なつきは立ちあがった。

開いた脚で幸福の地を踏みしめ、拳《こぶし》を握った。

雨のなか、なつきは吼《ほ》えるように叫ぶ。

「幸福じゃないし‼　全然、幸福じゃないし！」

なつきの叫び声と、雨が地面を叩《たた》く音だけが、この世界の音の全てだ。

「幸福じゃない！　全然、幸福じゃない！」

なつきは声がかれるまで叫び続けた。

第 3 章

#これが二日酔い　#失恋女子
#やきそば弁当　#マルセイバターサンド
#失恋旅行　#MarryMe　#風極の地
#着丼　#失恋グルメ

目覚めると、スマートフォンの呼びだし音が聞こえた。

出ようとしたのだが、頭が猛烈に痛くて、動くのもつらい。なつきは布団をかぶって、その音をやり過ごす。

その音が途絶えても、しばらくは頭痛に耐えるだけだった。だけどやがて、なつきはぼんやりと思いだしていった。自分が今どこにいるのか、なぜ頭が痛いのか、なぜこんなことになったのか――。

ホテル……、慣れないお酒……、失恋……。

今は、昨日起きたことへの落ち込みよりも、気分の悪さのほうが大きかった。頭が痛いだけではなく、吐き気もする。こんな経験はしたことがなかったが、これが二日酔いというやつなのだろう。苦しい……。だけど……。

電話。亮平……。

かかってきた電話が、亮平からかもしれない、と思い至り、なつきは慌てて腕を伸ばした。スマートフォンを手に取り、画面ロックを解除する。

だけど画面には、見慣れない「0155」という市外局番が表示されていた。これは、帯広の市外局番だ……。

ベッドから這《は》いでたなつきは、ふらつきながらトイレに向かった。ばしゃばしゃと顔を洗うと、多少、すっきりした気がする。だけどまだ頭が痛いし、胸も気持ちが悪い。もしかしたら微熱があるかもしれない。

水を飲み、一息ついたなつきはスマートフォンを握った。就職活動を始めてからは、知らない番号の電話でも折り返すようになった。誰なのかはわからないが、番号からして、いたずらとかではなく、何かの用事があるのだろう。

折り返しの電話に出た相手は、年配の女性だった。

「白い手帳を忘れていったでしょう。予定やら何やら、たくさん書いてあるけど」

「……はい、すみません」

電話の相手は、幸福駅のみやげもの店の人ということだった。どうやらなつきは、幸福駅の車両のなかに、手帳を忘れてきてしまったらしい。

手帳の最後のページに書いてあったなつきの名前と電話番号を見て、女性はわざわざ連絡してくれたようだ。

「どうしますか？　取りに来ますか？」

「はい。今日行けるかはわからないですけど、明日《あした》以降に必ずうかがいます。すみません、よろしくお願いします」

何とかお礼だけ伝え、なつきは電話を切った。それからまた、ばたん、とベッドに倒れ込む。状況が状況だったとはいえ、どうして忘れ物なんてしてしまったのだろう……。

手帳には休み明けの就活の予定もびっしり書き込んでいたから、取りに行かなければならなかった。だけど今はまだ動く気力もないというか、気分が悪すぎて外出なんてできない。

時刻は十時を過ぎていた。気力を振り絞って「Don't disturb　掃除は不要です」の札をドアの外にかけにいき、また倒れるようにベッドに横たわる。

昨日、雨に打たれていたときは、どうとでもなれ、という気分だった。叫び終えると抜け殻のような気分だったが、やがて寒気を感じた。このまま消えてしまいたかったけれど、なつきは、その後、案外まともな行動をした。

スイッチが切れたような気分のまま、駐車場脇のトイレに入り、旅行かばんを開いた。母から借りたそのかばんが防水加工だったおかげで、中身はまあまあ無事だ。タオルで体を拭《ふ》き、デニムと長袖《ながそで》のカットソーに着替え、折りたたみ傘を取りだす。しばらく待って、やってきたバスに乗り、帯広駅近くのホテルに向かった。チェックインを済ませ、二人用の部屋に入る。濡れていたものを室内に干して、そのままホテルを出た。

二人で行くつもりだった屋台村に向かい、一人でお酒とつまみを頼んだ。提灯《ちょうちん》の並ぶ屋台村は、雨もあがったせいか、観光客とおぼしき人で溢《あふ》れている。

なつきは本当はお酒が好きだし、結構、飲めるほうだ。だけど、女子はあんまり飲んじゃだめだよ、と亮平に言われてから、あまり飲まないように心がけてきた。そんなことを思いだしたら、腹が立ってきて、今日は限界まで飲むべきだと、きっぱり思った。

日本の食糧基地である北海道のなかでも、十勝平野は農業が盛んな場所だ。その十勝の新鮮な食材が、ここに集まってきている。魚も野菜も乳製品も、何を頼んでも美《お》味《い》しい。

美味しいけど、一人だからそんなに何品もは頼めなかった。美味しいけど、気持ちが高まるわけではない。

ビール、ハイボール、サワー、日本酒、ウィスキー、と、目に付いたお酒を、順に頼んでいった。これはやけ酒などというものではない、と、自分では思っていた。途中で苦しくなったり、泣きそうになったり、怒りをこらえたりしながら、でもとかくもう、何も考えたくなかった。

途中からは、あまりよく覚えていなくて、実のところ、どうやってホテルに戻ったのかもよくわからない。閉店までいたのは間違いないし、店員さんから話しかけられたことも、何となく覚えている。泣いたり、わめいたりはしていないはずだが、もしかしたら迷惑をかけていたかもしれない。

そのときは自虐的な気分で、どうとでもなれ、と思っていたが、今は後悔しかなかった。二日酔いというものが、こんなに苦しいとは知らなかった。

結局、その日はずっと動けなかった。

夜にシャワーを浴びたら、ようやく生き返った気がした。夜中になると、お腹が空《す》いてきたのでコンビニに行った。「やきそば弁当」という不思議な名前のカップ焼きそばを買って、ホテルに戻ってくる。

自分は一体、何をしているんだろう、と思いながら、お湯を沸かした。自分はこんなところで、何をやっているのだろう……。

亮平からは何の連絡もなかった。来たときのままの、きれいな二つ目のベッドに、なつきは横になる。亮平は今、何をしているのだろう……。亮平は今、どんな気持ちでいるのだろう……。

迷ったけれど、そのメッセージを書かずにはいられなかった。

——苦しい

このメッセージを送ったら、どんな反応が返ってくるのだろうか。なつきのことを可哀想と思うだろうか……。優しい言葉が返ってくるだろうか……。やっぱり、ごめん、と返ってくるだけなのだろうか……。もしかして何も感じないのだろうか……。だけど何も感じないなんてことがあるのだろうか……。そうではなくて、亮平も今、苦しんでいるのだろうか……。なつきのことを少しでも考えてくれているのだろうか……。

メッセージを送ったけど、既読はなかなか付かなかった。

画面を見続ける自分が、とても哀れに思えた。自分はこんなところで一人、既読が付くのを待っている哀れな生き物だ。

眠れないかな、と思っていたのだが、就職活動の疲れもあったのかもしれない。

やがてなつきは、眠りに落ちていった。

◇

朝、起きて顔を洗う前に、スマートフォンを見た。

苦しい、というメッセージに、ぽつんと既読マークが付いていたけど、返事はない。

テレビをつけると天気予報をやっていた。道内の天気はしばらく良いようですね、と、弾んだ声でアナウンサーが伝えている。

本当だったら帯広では、亮平と六花亭《ろっかてい》に行って、それから豚丼を食べに行って、などという予定だった。だけど今からなつきは、何をすればいいのかもわからない。

一体、亮平はどういう了見なのだろう。

彼はこのまま連絡を断ち、何ごともなかったように、日々を過ごすつもりなのだろうか。気になる人ができた、とか言っていたけれど、もしかしてもう、付き合っていたりするんだろうか……。

考え始めると胸が痛んで、苦しかった。自分に起きたことがまだ信じられないし、信じたくないし、どうにもやりきれない。どうして自分がこんな目に遭わなきゃならないのかわからない。

深く考えると、すぐに泣いてしまいそうだ。

立ちあがったなつきはシャワーを浴びた。そのまま身支度を整え、荷物をまとめた。とりあえず、この部屋はもう、出なければならない。

フロントでチェックアウトをした。二人分取ったホテルに一人で泊まる若い女に、フロントの人はどういう印象を持っているのだろう。しかしもう、そんなことはどうでもいい。

この分のお金は、絶対に亮平に払ってもらおう、と思った。そもそも亮平に、北海道で会おうと言われたのだから、飛行機代も払ってもらったほうがいいかもしれない。どっちだろう、と考えて、いやいやいや、と思う。

だって、こんなのは何もかもおかしい話なのだ。

考えると腹が立ってくるのだが、これが一瞬で悲しみに変わる、というのは、昨日、一昨日《おととい》から繰り返してきたことだ。何か考えては怒りで染まっていく盤面が、オセロみたいに一瞬で裏返っていく。

やめよう――。もうやめよう。今はやめよう。今はもうやめよう。やめよう。

ホテルを出たなつきは、自分に言い聞かせながら歩いた。

地図を見て、六花亭本店の位置を確かめ、ただ歩く。慣れない土地で動いていれば、亮平のことを考えないで済む。今は亮平のことを、できるだけ考えたくない。

今頃、東京は暑いんだろうけど、こっちは涼しくて過ごしやすい。ひとまず六花亭でブランチして、この先のことを考えよう。

マルセイバターサンド、ストロベリーチョコホワイト、サクサクカプチーノ霜だたみ、いつものアレ、マルセイバターケーキ、チョコマロン、いつか来た道、雪やこんこ——。

なつきの気分とはうらはらに、六花亭は夢のような場所だった。

有名なマルセイバターサンドを始めとして、和菓子、洋菓子、焼き菓子と、さまざまな商品がずらりと並んでいる。店員さんたちは、みんな感じが良くて優しそうだ。どの商品もバラ売りしていて、イートインコーナーで食べている人たちもいる。

なつきは二階にある喫茶室へと向かった。そこは美術館のなかのカフェのような感じの、おしゃれ空間だ。

パフェ、みつまめ、キッシュ、しるこ、ホットケーキ、ソフトクリーム、ぜんざい、プディング、ワッフル、ケーキ、クロワッサンなど、魅惑的なメニュウが並ぶ。そして意外なことに、ピザが推されている。

うーん、と考え、夏野菜のピザとコーヒーのセットを注文した。十勝は乳製品で有名だから、チーズは美味《おい》しいだろう。夏野菜も美味しいに決まっている。

「お待たせしました。夏野菜のピザです」

可愛らしいエプロンをしたウェイトレスさんが、なつきの前に、それを運んでくれた。

ピザは一人で食べるのに、ちょうど良い大きさだ。一緒にハサミが添えられていて、それでピザを切るらしい。

切りやすい！　そして美味しい！

東京に戻ったって、別に良いことがあるわけではないし、どうせならこのまま旅行してしまおう、となつきは思っていた。今日から釧路にホテルが取ってある。亮平は何も言ってこないんだから、ホテルをキャンセルしたり、人数変更を伝えたりする必要はない。だけど、お金はちゃんと請求しよう。

食べながら、調べてみたのだが、帯広から釧路までは、特急で一時間半くらいで行けるようだ。帯広でやり残したことは、豚丼を食べるのと、手帳を取りに行くことで、そちらは明後日《あさって》、飛行機に乗る前に行ってもいいし、今から行ってもいい。

幸福駅が恋人の聖地なら、失恋の聖地はないんだろうか、と、ふと思い検索してみた。失恋の聖地があるのなら、なつきほど、そこに向かうに相応《ふさわ》しい人間はいない。

北海道、帯広、失恋、聖地――。

そんなワードで検索したなつきは、その後、とんでもないものを見つけてしまった。

ブレイク間近、といった感じのその動画には、ハッシュタグ（#）が付いている。

#失恋したて

動画には他にも、#聖地巡礼とか、#失恋女子とか、#エモいとか、#幸福駅とかいったタグが付随している。

何故！　目を疑う、とは、まさにこのことだった。そんなわけはないだろう、と何度か見直すが、間違いはない。だけどどうして……、どうしてこんなものが……。

幸福じゃないし!!　全然、幸福じゃないし！

動画のなかで、ずぶ濡《ぬ》れのなつきが叫んでいた。二日前の自分が誰かによって撮影され、全世界に公開されている。

確かにわたしは、失恋したてだけど——。

なつきはとっさに亮平を疑った。もしかしてこれは、壮大なドッキリだったのだろうか、とまで思った。でも、そんなわけはない。

誰かがたまたま後ろから撮影して、それを勝手に公開したのだろうか……。でもそんなのって、許されることなのだろうか……。こんなものを、勝手に公開され続けるわけにはいかないじゃないか……。

動画サイトのアカウントを作れば、直接メッセージを送れるようだったので、アカウントを適当に作った。そして抗議のメッセージを送った。

——動画に映っている本人です。困りますので、今すぐ削除してください。

フラれて落ち込んでいるうえに、二次被害に遭ってしまった。誰がアップしているか知らないが、こんなのって最低じゃないか！

冷めたコーヒーを飲みながら、憤っていると、店員の女性が感じの良い笑顔で、お代わりを勧めてくれた。お願いします、となつきが言うと、彼女はなみなみと新しいコーヒーを注いでくれた。

「すみません。サクサクパイもらえますか?」

「はい、かしこまりました」

下でも売っていたサクサクパイに興味があったのだが、そんなに食べられるかどうか心配で頼めなかった。でも今は無性に、甘いものが食べたい気分だ。

少し気を取り直し、なつきは動画に寄せられたコメントに目をやった。最初はめちゃめちゃ恥ずかしかったのだが、だんだんどうでもいいや、というか、他人事《ひとごと》のように思えてくる。

「お待たせしました。サクサクパイです」

「ありがとうございます」

コロネのような見た目のパイのなかに、カスタードクリームがみっちり入っていた。時間が経つとパイがクリームの水分を吸ってしまうため、賞味期限は三時間という店舗限定の品だ。

お、美味しい! ちょっとこれは独特の食感だった。しっとりと甘く、さっくりと軽い。二口ほど食べてから、なつきは満足の息を吐く。

一口コーヒーを飲み、またコメントに目をやった。

美しい！
悲しい光景なのに、すかっとしました。清々《すがすが》しいですね。
気持ちいい叫びっぷりだ！　彼女に幸福が訪れますように！
格好いい！　失恋神！
失恋女子さんの顔が見たいです！
わたしもフラれたばかりですが、元気がでました。
風邪ひくなよ！
魂！　これは人間の魂の叫びだ！
Marry me!!!!!!!
めっちゃ失恋したてですね。いいことあるさ！
この人に会って話してみたいです。
女優さんですか？

不快になるようなコメントは一つもなかった。勇気づけられた、などと書いている人もおり、だんだん、自分が良いことをしたように思えてくる。

よくよく観てみると、横顔がぼんやりと映っている程度だし、なつきだと特定されるような動画ではなかった。亮平ならわかるかもしれないけど、それは別にいいというか、むしろわかったほうがいいだろう。

――さきほど連絡した者ですが、動画は削除不要です。お騒がせしました。

まあ、いいか、と思い、そのメッセージを送った。動画を見て、誰かが元気になるなら、それでいいのかもしれない。

サクサクパイを最後まで食べ、コーヒーを啜《すす》った。さて、これからどうしようか、と思ったところで、動画サイトのなつきのアカウントに連絡が入った。

――すみません!! 私の子どもが勝手に撮ってUPしたようです。すぐに削除させます。本当に申し訳ありません。

いいえ、それはもうどちらでも大丈夫です、と、なつきは返事を書いた。

少し迷った後、何歳くらいのお子さんなんですか？　と付け足した。それほど興味があるわけではなかったが、親が返事をしてきたということは、小学生くらいなのかもしれない。最近は小学生が動画をUPしたりするのだろうか……。

どうせやることもないし、なつきは見知らぬその人と、のんびりメッセージを交わした。それによるとどうやら犯人は、動画を撮るのにハマっている小学四年生男子、ということらしい。

親子は今、旅行中で、一昨日《おととい》も昨日も、幸福駅に行ったという。

――幸福駅が好きなんですか？

――ええ。息子がずっと、行きたがっていた場所だったので。今日はもう帯広を離れるんですけど、今日も行きたがっていて……。

どうしてだろう、と思う。小学四年生の男子だったら、ああいう牧歌的な場所より、もっと派手な場所を好むだろう。それは#聖地巡礼というのと、関係があるのだろうか。

――へえー、すごく好きなんですね。わたしも今日、帯広を離れます。

幸福駅は良いところでした、と付け足そうかと思ったけれど、付け足さなかった。確かにあそこは良いところだったが、なつきにとっては、人生最悪の場所になってしまった。

——今、まだ帯広にいらっしゃるんですか？

そろそろやり取りを終えようとしていたので、返信するかどうか迷っていると、続きのメッセージが届いた。

——すみません。もしまだ時間があれば、今からお詫《わ》びにうかがってもよろしいでしょうか？　大変、勝手な申し出なのはわかっておりますが、教育的な意味でも、息子にもしっかり謝らせたいと思っており……。お時間は取らせませんので、もしご迷惑でなければ、ご検討いただければありがたいです。

んー、どうしようかな、と思ったけれど、なつきにはどうせすることもなかった。

六花亭にいることを伝えると、それならすぐにうかがえます、と返ってきた。

おかしなことになってしまったが、こういうハプニングが、旅の醍醐味《だいごみ》なのだろう。今のなつきは別に、それで心が弾んだりはしないけれど。

もう別にこのまま動画が公開されていても構わないし、謝ってほしいわけでもなかった。この場合、謝罪を受けるというのは、単なる相手に対する親切心かもしれない。そのことが教育的な意味を持つというのなら、なおさらのことだ。

ごめん……。

暗転するように、嫌なことを考えた。ごめん、ごめん、とひたすらそれだけを繰り返していた亮平は、実際どれくらい悪いと思っているのだろう。もしかして彼のなかでは、なつきがすでに謝罪を受け入れたということになっているのだろうか……。

動画小学生の謝罪だったら受けてもいいけど、亮平の謝罪なんてものは一ミリも受けたくなかった。ごめん、と言ったものを、耳で聞いただけで、なつきはまだ謝罪を受けたつもりなんてない。

六花亭は積極的にコーヒーを注ぐスタイルらしく、嫌なことを考えている間に、三杯目のコーヒーを注がれてしまった。まだ熱そうなその液面を、なつきはしばらく眺める。やがて視界の端にそれを捉《とら》えた。

母子かな、と思っていたのだが、それは父子だった。フロアを見渡すように立つ彼らと目を合わせ、なつきは確認するように会釈をする。

お辞儀をして近づいてきた二人は、いかにも夏休みの親子旅行中という風体だった。父親はジーンズにポロシャツ姿で、男の子は七分丈のパンツにスポーツブランドのTシャツを着ている。

「本当に申し訳ありませんでした」

頭を何度も下げる父親は、恐縮しきり、という感じだ。

「いえ、大丈夫です。ホントに」

なつきが腰を上げて答えていると、父親が男の子の肩を叩《たた》いてうながした。男の子は一歩前にでて、声をだした。

「迷惑かけて、ごめんなさい」

ぺこりとお辞儀をした彼が、顔を上げ、なつきを上目遣いで見た。

自分がどれくらい許されないことをしたのかを、じっとうかがうような表情だった。

なつきが校庭開放のアルバイトをしていたとき、よく見た目だ。小学生男子を注意するときはいつも、この表情を見た。

「えっとね……、今回は、たまたま迷惑かからなかったからいいけど、」

彼には悪気があったわけではなく、単に社会のルールを知らなくて、してしまったことだ。でもだからこそ、ちゃんと注意しておかなければならない。相手が殊勝な態度を取っているからといって、注意をしないのは良くないということを、なつきはそのバイトで学んだ。

「知らない人の写真や動画を、勝手に撮るのは、絶対にダメだよ。それをインターネットにあげるのは、もっとダメだからね。わかる？」

「……はい」

「じゃあ、これからは気をつけてね」

「はい」

なつきが笑いかけると、男の子ははにかむように笑った。素直だけど、切り替えの早い子のようだ。

「ご迷惑をおかけしました」

父親が言い、二人は揃って頭を下げた。

「いえ、ホントにそれはもう、こちらは大丈夫なので」

立ちっぱなしの二人に、なつきは前の席を勧める。

「すみません、ありがとうございます」

父親は恐縮しながら腰をおろした。男の子のほうも嬉《うれ》しそうに席に滑りこむ。

三人は簡単に自己紹介を済ませた。男性は槙田《まきた》武広《たけひろ》といい、男の子は遥希《はるき》くんというらしい。

「何か注文しますか？」

「あ、はい。ありがとうございます。あの、せめてこの店は、お会計させてください」

「いえ、それだと、かえって申し訳ないですから」

などと言いながらも、それくらいは甘えていいかな、となつきは思った。

「これ頼んでいい⁉」

切り替えの早い小学生男子の遥希くんは、もう嬉しそうにメニュウを指さしている。

二人はサクサクパイと飲み物を頼み、なつきも雪こんチーズというものを追加した。

「ちゃんと向き合って、叱っていただいて、とってもありがたいです。若いのに、しっかりされてますね。驚きました」

就活で祈られてばかりのなつきだが、久しぶりに大人にほめられた気がした。

「……いえ、出過ぎたことしちゃったかと」

「とんでもないです。ありがとうございます」

薄く髭《ひげ》を生やした槙田さんは、優しく微笑んだ。お父さんの目だ、と思う。休日に子どもと遊ぶお父さんは、みんなこんな目をしている。

「だけど本当に、映像はあのままでいいんですか？　必要なら今すぐに削除しますけど」

「いいんです。あれだけじゃ、わたしだってわからないと思うし」

「……そうですか。でしたら、……もしよろしければ、なのですが」

槙田さんは遥希くんのほうを見やり、何かを促した。やがてなつきに向き直った遥希くんが、真面目くさって言った。

「えっと、今日一日だけ、動画を、公開させてください。その後、削除しますので」

「……今日だけってのは、どうして？」

遥希くんは槙田さんのほうを見た。

（言うの？　言っていいの？）

彼は声を落として確認していたが、まる聞こえだ。きちんとお願いしなさい、と槙田さんが言うのも聞こえる。その後、彼は嬉しそうに説明した。

「あれ今、人気があって、再生回数が三千に近づいてて。それで、あと一日でどれくらい伸びるか見たいんだよね！　チャンネル登録増やしたいし」

きっとそれはここに来る途中、親子で話し合ってきたことなのだろう。動画は削除することにしたが、なつきさえ良ければ、その前に一日、つまり今日だけ公開させてくれ、ということらしい。

「その、再生回数が三千回ってのはすごいの？」

「すごいよ！　やっぱり二千が壁って言われてて、それをもう超えたから、一気にもっと行くと思うんだよね。僕がいつもあげてるのは二十とか三十で、ときどき百とか二百とか、でもそれで止まっちゃうんだけど、今回のはすごいよ。ちょっと目を外すとびょーんって伸びてるから」

小学生男子らしさを全開に、彼は目を輝かせながら語った。

「どうして今回は、そんなにたくさん再生されたの？」

「それは、エモいからだよ」

「エモい？」

「うん。心が熱くなったでしょ？」

無邪気な顔に似合わないことを、遥希くんは言った。

「叫ぶ君は、すごくきれいだった」

手元のサクサクパイにフォークを刺しながら、彼は続けた。

「張り裂けそうな思いを胸に、君はその言葉を叫んだんだ。世界中で失われた恋や愛、その理不尽さを、一身に引き受けたみたいに」

「ええ？」

驚いていると、こらこら、と槙田さんが慌てたように声をだした。

「お前、何言ってるんだ。すみません、急に」

「失恋した君が、とてもきれいだった」

「それはもういいって。ほら、こぼすなよ。ああ、ホントにすみません！」

「……いえ、」

「エモいよ」

遥希くんはふふふと笑いながら、サクサクパイを食べた。一体、何なんだろう……。

そもそも、と、なつきは思った。あの動画には#失恋したてとか#失恋女子とかタグが付いていたけれど、どうしてそう決めつけたんだろう。なつきは幸福じゃないとは叫んだけれど、別にフラれたとか、失恋したとか、そういうことを叫んでいたわけではない。

「……あのさ、遥希くん。どうしてわたしが失恋したって、決めつけるの？」

「えっ⁉　違うの？」

「いや、まあ、それは……そうなんだけど」

「でしょ?」

遥希くんは得意げな顔をして続けた。

「その日、僕は〝失恋したての女の子〟に出会ったんだ。どうしてだろう、彼女が失恋したばかりだって、そのとき僕はすぐにわかったんだ」

「ええ?」

「こら遥希。さっきから、そんなのは、急に言われてもわからないだろう」

遥希くんはにやつきながら、サクサクパイを口に入れる。

「すみません。ちょっと自由に育てすぎちゃって」

「……いえ。それはいいんですけど。でも遥希くん、どうしてわたしが失恋したばかりだって思ったの?」

「だって、お母さんと同じだったから」

「お母さん? わたしが?」

「うん。ちょうど今、映画の聖地巡礼をしてるんだよね」

嬉しそうな顔をする遥希くんだが、あとはサクサクパイを食べるばかりで、それについて説明してくれるわけではなさそうだ。

「すみません、わけのわからないことばかり言って。映画というか……、彼の母親を撮った、フィルムのことなんです」

「でも映画でしょ？」

横から遥希くんが声をあげた。

「……ああ、それは、まあそうだけど」

「へえ、何て映画なんですか？」

「失恋したての女の子」

遥希くんが素早く答えた。

「タケがお母さんを撮った映画だよ」

「……タケって？」

「すみません、僕のことです。ちょっと自由に育てすぎちゃって……、タケって呼ばれてるんです」

槙田さんは、さっきから謝ってばかりだ。

「僕が昔に撮った、まあ、映画と言えば映画なんですけど……、さっきからこいつが言っているのは、そのモノローグ部分なんです」

失恋したての女の子——。

つまりそれは槙田さんが撮った自主映画ということらしい。自分の母親の出ている映画を、遥希くんは気に入り、何度も何度も見返しているらしい。さっきからなつきに言っているのは、その科白《せりふ》のようだ。

遥希くんのお母さんは、七年前に亡くなったという。

札幌からやってきた二人は、この夏、その映画のロケ地めぐりをしているらしい。

◇

失恋旅行は、ふいに始まる。

次は襟裳岬《えりもみさき》に向かうという親子の車に、なつきは同乗させてもらった。

他人の車に乗って旅をする——。こんなことになるなんて考えてもいなかったし、自分がこんな大胆な行動をする人間だとも思っていなかった。だって親子と知り合ったのは、まだほんの二時間くらい前の話なのだ。

恋人にフラれてヤケになっているから、というのは、あるかもしれない。就職活動がうまくいかなくて落ち込んでいるから、というのもほんの少しはある。ここが北海道だから、ということもきっとあるし、他にすることがないから、ということも大きい。

だけど、そういうことだけじゃなくて……。

なつきは『失恋したての女の子』という映画に、興味を持ったのだ。だって今なつきは、まさに失恋したての女の子だ。『失恋したての女の子』の聖地である襟裳岬に、なつきも行きたかった。

今日の宿は釧路に取ってあった。親子は襟裳岬に一緒に行ったうえで、今日中に釧路まで送ってくれるという。距離感がよくわからなかったが、それは可能で、また釧路も映画のロケ地であるから、ちょうど良いらしい。

「行こうよ！　失恋マジックは、きっと君に起こる。髪を切るのもいいし、旅をするのもいい。日常から少しだけ離れれば、失恋マジックはきっと君に起こるんだよ」

遥希くんはまた映画の科白らしきことを言い、なつきを誘った。

「すみません、本当に。でも本当に、もし良かったら、ぜひ」

槙田さんは謝りながら、なつきを誘った。

その数分後、なつきは親子と一緒に車に乗り込んだ。失恋したての女の子と、『失恋したての女の子』が大好きな少年と、『失恋したての女の子』を撮った人は今、風極の地、襟裳岬に向かっている。

「なつきさん、トウキビ、はい」

道沿いの屋台で買った焼きトウモロコシを、助手席の遥希くんが身体を捻《ひね》って、差しだした。さっき二人は、なつきさん、遥希くん、と呼び合うことを決めた。

「こっちが美味《おい》しいほうだよ」

「……ありがとう」

二つに割ったトウキビの、根本のほうが美味しいらしい。

「星の数ほど男はいるなんて、そんなのは全くの嘘だから」

「え？」

「銀河にある星の数をナメちゃいけない。だけどさ、そのトウキビの粒の数くらいだったら、これからの君は出会えるんじゃないかな？」

「……ああ」

いたずらっ子の目でなつきを見た遥希くんは、くるり、と前方に向き直った。

「すみません、なつきさん」

と、運転席から声が聞こえた。

トウキビの粒の数……。目を落としたなつきは、これから出会える男性の数を数えようとして、すぐにやめた。意外と多いことは間違いないけど、トウキビの粒が多かったからと言って、何か少しでもなぐさめられるわけではない。

「……お前。もしかしてそれを言うために、トウキビが欲しいって言ったのか？」

「それもあるよ」

「あのな、失恋ってのは、本当につらいんだぞ」

親子が声を落として喋《しゃべ》っていたが、まる聞こえだった。遥希くんは自由に育ちすぎだけど、お父さんもそういう育て方しかできないタイプなのだろう。

でも……、美味しい……。

窓の向こうに広がるトウキビ畑から、一本折ってそのまま焼いて作ったようなみずみずしさだった。本州に渡ればトウモロコシと呼ばれるトウキビだが、この二つは別の食べ物、という見方もできるかもしれない。

助手席の遥希くんが、かしゃり、と、焼きトウキビの写真を撮った。

時刻は十三時を過ぎたあたりだった。十勝平野を縦断するように走る高速道路を、槙田さんの青いワゴンが走る。

後部座席で一人、なつきはぼんやりと車窓を見つめ続けた。

遠く続く眩《まぶ》しい緑が、後ろへ、後ろへと流れる。

もう見ることのない過去へ、過去へ、過去へ、過去へと――。

こんなふうに流れていってしまえば、いいのに……。

早く心から過ぎ去っていけばいいのに……。

亮平と付き合った時間は、ずっと続くと思っていた時間だった。

だけどそれは突然、もぎ取られたように途切れてしまった。途切れたにもかかわらず、それはまだ、なつきの心の真んなかに居座っている。

ぼんやりと車窓の光景を眺めるなつきの耳に、親子の会話がBGMのように響いた。

「すげーよ、タケ、二千九百七十まで来たよ」

助手席の遥希くんが、スマホを見つめながら興奮している。どうやらなつきの〝エモい動画〟の再生数が伸びているらしい。遥希くんのアカウント『ハローハルチャンネル』において、これは驚きの数字らしい。

「お前な、そういう視聴数とかに気を取られてちゃだめだぞ。作品には、そんなことより、大切なことがあるんだからな」

「でもすげーじゃん、もうすぐ三千だよ、三千」

「それは、なつきさんのおかげだろう」

窓から差し込む光に温められながら、なつきは少し眠たいような気分でそれを聴く。

「けどタケ、これって、どういう人が見てるの？」

「……失恋難民さん、とか」

「失恋難民？　難民ってなに？」

「#失恋したて、とか、#失恋女子、ってハッシュタグが付いてただろ。ネットを漂流する人が、そういう言葉に惹《ひ》かれて見てくれているんだよ。きっと自分もつらい失恋をしたから、同じ痛みを感じている人に、共感するんだよ」

「じゃあ失恋したての人が、三千人もいるってこと⁉」

「そういうわけじゃないだろう。だけど誰だって失恋の一つや二つは、したことがあるから。かつてはみんな、失恋したてだったんだよ。誰にでもそういう経験があるからこそ、多くの人が、なつきさんの姿に、心を打たれるんだよ」

「へえー。じゃあさ、失恋難民にもっとリーチして、マネタイズできないかな」

「お前、ふざけるなよ。マネタイズとか言ってるやつは、おれの敵だぞ」

「タケはこれだから」

目を閉じていたなつきは、少し噴きだしそうになってしまった。

失恋難民――。

そんな人がなつきの動画に惹かれている、というのは何となくわかる。だけど実際にはなつき自身が失恋難民だ（ついでに言えば就職難民でもある）。

漂流するように今、なつきは『失恋したての女の子』の聖地に向かっている。

車窓から目を離し、スマートフォンを取りだした。

少し緊張しながら確認してみたのだけれど、それが当然のことのように、亮平からのメッセージはなかった。こちらから何か送りたくなるのを、なつきはぐっとこらえる。

別れる別れないの話は別としても、北海道に置き去りにしたなつきのことが、心配ではないのだろうか……。単純に良心が痛んだりはしないのだろうか……。

例えばだけどこの親子が誘拐犯か何かで、襟裳岬でなつきは殺されて、やがて死体が発見されたとする。可哀想な森田なつき……。そのニュースを見た亮平は、どう思うのだろう……。可哀想だと思うだろうか……。別れたことや、自分のしたことを後悔するだろうか……。

可哀想な自分を想像すると、いつまでもその世界に浸っていられそうだった。なつきはスマートフォンをしまい、また車窓の緑を見つめる。

それから眠ったふりをして、こっそりと泣いた。

まっすぐに続く高速道路を車は走った。揺れは心地よく、身体じゅうを巡回していく。

親子の会話が、今は遠かった。揺れと日射しに包まれたまま、いつしかなつきは眠ってしまった。

◇

「あと一人！　おー、すげえ！　来た！」

夢のなかでその声を聞いたのだけど、現実のものだとすぐに認識していく。いつの間にか高速道路を降りていた車が、赤信号に停車した。

遥希くんが素早い動きで、助手席から後部座席に移動してきた。

「すごいよ！　三千突破だよ！」

満面の笑みを浮かべ、遥希くんがスマホを見せてきた。だけど泣いて寝て起きたばかりのなつきの顔を見て、少し不思議そうな表情をする。

「どうしたの？　ナツキチ」

「ううん、どうもしないよ」

それより、いつの間にナツキチになったのだろう……。遥希くんの接近力に驚きながら、なつきは体を起こした。

「涙に効くのは愛でも言葉でもない。人肌なんだよ」

ぽん、と、子ども特有の温かな手が、なつきの頭に触れた。ぽん、ぽんぽん、ぽんぽんと、続くリズムは、確かになつきの心をほぐしてくれる。

「……遥希くんは、女の子を泣かせるタイプに育つね」

「なんで？　僕は泣いている子がいたら笑顔にするタイプだよ」

車がまた信号に停まると、遥希くんは素早く助手席に戻っていった。こら、ちょろちょろするな、と叱られながら、あ、さるる川だって、さるる川、と、看板を見ながら無邪気にはしゃぐ。それを見るなつきは笑顔になっているから、彼は本当に泣いている子を笑顔にするタイプなのかもしれない。

「なつきさん、もうすぐ襟裳岬に着きます」

海沿いの道から海が見えた。道沿いの斜面で、黄色い花をつけた背の高い草が、風に揺れて波を打つ。

「あ！　今の郵便局のとこだ！　そうだよね!?　タケ」

「ああ。懐かしいなあ……」

見えない何かに向かって囁《ささや》くように、槙田さんは言った。次の瞬間、遥希くんがいきなり大きな声で歌い始めた。

北の街ではもう　悲しみを暖炉で
燃やしはじめているらしい

声変わりしていない十歳の声にはまるで似合わないその曲は、森進一の「襟裳岬」

という曲らしい。

えりもの春は何もない春です

遥希くんが歌い終えるころ、車は見晴らしの良い駐車場に吸い込まれていった。

「ホントだ！　何もない！」

「空と海と風があるだろう。ここは風の行き着く、最果ての地だからな」

風極の地・襟裳岬、と書かれた石看板があった。風の行き着く岬、というのは、詩的な表現だが、降りてみると本当にそんな感じだ。ここでは風速十メートルを超える風が、年間に二百九十日以上も吹くらしい。

「どわあーっち、すげー風！」

「吹き飛ばされるなよ」

岬の先端に向かって延びる遊歩道を、三人は歩きだした。前方には博物館のようなものや灯台が見える。やベーやべー、と十歳らしい語彙《ごい》力に戻った遥希くんが、ドッグランに放たれた犬のように走り始める。

「いろいろすみません。ほんとあいつ、マイペースで」

遮るものが何もないので、どこまで走っていっても、小さくなった遥希くんは視界のなかにいた。

「いえ。ぜんぜん大丈夫というか、わたしには、ありがたいくらいで」

実際、遥希くんの無邪気さは、なつきのかさついた心に優しく響く。

「あいつ、はしゃいでるんですよ。ずっと行きたがっていた場所だから」

岬の公園には、なつきたちの他に人はいなかった。走り回る遥希くんの後ろ姿を追いかけ、二人は風の先へ歩いていく。

遥希くんが遠くに行ってしまったせいで、槇田さんと初めて二人きりになったような感じだった。隣を歩く彼から、休日のお父さんとは違う雰囲気を感じる。

年齢は三十代の前半といったところだろうか……。彼はスマートで背が高く、優しげに笑う人だ。そして遥希くんとは違って、自分からぺらぺら喋《しゃべ》る人ではない。

「……あの」

なつきは控えめに口を開いた。

「遥希くんのお母さんって、どんな方だったんですか？」

会話の糸口として、それが相応《ふさわ》しかったのかどうかは、よくわからない。

「ああ、そうですねえ……」

そう言ったきりの槙田さんの横顔を、なつきは見た。うっすらと無精髭《ぶしょうひげ》を生やした槙田さんは、穏やかな表情をしている。

「……ごめんなさい、興味本位で訊《き》いてしまって」

「いえいえ」

槙田さんは慌てたように言い、なつきに笑いかけた。

「構わないんです。ただもし良かったら、妻のことは、遥希に訊いてやってください。あいつもこんな機会は、なかなかないだろうから」

「はい……」

だけど遥希くんは十歳で、七年前に母を亡くした……。だったらあまり、母親のことを覚えていないんじゃないだろうか……。

「遥希は実際、母親の記憶は、ほとんどないんです」

なつきの疑問を感じたかのように、槙田さんは言った。

「だからせめて、こういう特別な場所で母親のことを考えたり語ったりしたことが、彼の確かな記憶になればいいかなって」

「……なるほど」

なつきは遥希くんの後ろ姿を見つめながら言った。

「だけど遥希くん、ある意味ではもうたくさん、わたしにお母さんのこと話してくれてますよ。映画の科白《せりふ》を通じて」

「ああ。あれは本当にわけのわからないことばかりで、すみません。あとあれ、映画の言葉だけじゃないんです」

「そうなんですか?」

「ええ。妻の希望で、メッセージをたくさん撮影してあって……。誕生日用に撮ったものとか、入学や卒業用とか。眠れない夜用とか、父親の言うことを聞かないとき用とか、初めての海外旅行の前用とか、好きな人ができたとき用だとか……」

自分の命が長くない、と知った遥希くんのお母さんは、なるべくたくさんの『言葉』をビデオメッセージに残したらしい。

「誕生日用は四歳から二十歳過ぎるまであるんで、本当は毎年、少しずつ観るべきなんですけどね」

　槙田さんは笑いながら言った。

「僕の管理が悪くて、遥希はもう人生の予習みたいに、全部観ちゃってるんですよ。しかも何度も何度も観て、それで全部覚えちゃってて」

「……遥希くん、お母さんのことが大好きなんですね」

「ええ。それはもう、そうなんでしょうね。画面の向こうの相手だから、アイドルや女優のように好きなのかもしれないし、もしかしたら、恋愛に近い部分もあるのかもしれないし……」

　ナツキチー、タケー、と、遥希くんの声が聞こえた。

「だから遥希や、それから僕も……、妻を亡くすってのは、失恋とは違いますけど、ある意味で、失恋難民のようなものなのかもしれないです。だからなつきさんの姿に、胸を打たれたんだと思います」

　風がさらに増したような気がした。

　視界の先にはもう、灯台と海と空しかない。

走って戻ってきた遥希くんと、灯台のところで合流した。

毎十五秒に一つの閃光《せんこう》——。この灯台は今も現役で、白光を放っているらしい。

「ナツキチ、この先、すごいよ！」

遥希くんに手をひかれ、なつきは襟裳岬の突端に向かった。

遥希くんは最初は勢いが良かったが、だんだん慎重な足取りになり、気付けばなつきの腕を掴《つか》む手の力が増していた。どうやら怖がっているようだが、それはなつきも同じだ。

油断すれば足下からさらわれそうな風が、びゅう、と吹く。

「……す、ごい」

岬の先端から先は崖《がけ》で、見下ろせば目が眩《くら》むようだった。前方には百八十度を超えるほどの水平線が広がっている。あの遥希くんが言葉もなく、なつきの腕を握る手に力を込めている。

ここに山は尽き、海が始まる。

北海道の背骨と言われる日高《ひだか》山脈が、海に突きでたところが襟裳岬だ。ここが山脈の突端であることは足下から伝わってくるし、この先に続いている岩礁が、海のなかへと沈んでいく日高山脈の尾根だということも景色でわかる。

「――最果ての地で、君の失った恋が、風に吹かれている」

途切れ途切れの声で、遥希くんが言った。

「それは『失恋したての女の子』？」

「うん。お母さんが、ここに立ってた。そして、くるん、って振り向くんだよ」

遥希くんの向こうで、槙田さんはじっと海を見つめている。

「ねえ、ナツキチ、動画撮ってもいい？」

「……うん、いいよ」

嬉《うれ》しそうに笑った遥希くんが、突端から離れスマートフォンを構えた。

「こっち向いて！」

海と空をバックに、なつきは振り向き、遥希くんのカメラを見つめる。

「ねえ、どんな気持ち？」

「んー、気持ちいいよ」

「襟裳岬はどう？」

「……地球、って感じ」

海と空と光――。大学に入ってから海水浴にも行っていなかったなつきは、この最果ての絶景に圧倒されている。

「失恋してる?」

なつきは笑いながら、首を振った。

「ここには何もないからね。失恋も、何もないような気がするよ」

微笑むなつきを、遥希くんはあとは無言で撮り続けた。

「よし、ここまでにしよう!」

槙田さんが言うと、遥希くんは嬉しそうに顔を上げた。

「ありがとうございます、なつきさん。ほら、遥希」

「ありがとうございます!」

二人に礼を言われたなつきは、また海と空に向かいあった。実際、強い風に吹かれている間は、失恋なんてなかったかのようだ。

「あそこ行こう、やかた!」

遥希くんはまた突端から離れる方向に走りだした。

それからなつきたちは、回廊を通って「風の館」というところに向かった。航海の難所であるここで、船を導く灯台の光の妨げにならないよう、風の館は半地下にある。

館のなかに入り、北海道の自然や歴史に関した展示物を、順に見て回った。そして風速二十五メートルの強風を体感できるというマシンの前に、遥希くんと二人で立った。

　びゅおーん、という音とともに、そのマシンは動きだした。

「おおー！　きたー！」

「これくらいなら大丈夫だよ！」

　と言ったのもつかの間、勢いを増した向かい風に、なつきは後ずさった。ぴょんとジャンプすれば、簡単に後ろに吹き飛ばされてしまう。風に立ち向かいながら、うわあ、うきゃあ、などと二人ははしゃぐ。

　最後に展望室で時間を過ごした。地上で見たときよりも、至近に海があり、また岩礁がある。運が良ければ、ここから野生のゼニガタアザラシを観察できるらしいが、ぱっと見た感じでは、それらしきものは見当たらない。だけどよくよく見てみると、

「いた！　いた！　ほら、いたよ！」

「どこどこ!?　ナツキチ、どこ!?」

　ごつごつした岩礁のへりを丹念に追っていくと、まあるいフォルムがときどき見つかった。望遠鏡を使えば、ぴくり、とも動かないアザラシの目まで見える。ここには一年を通じて、五百頭ほどのアザラシが棲《す》んでいるらしい。

「すげえ！　めっちゃいる！」

「あ！　ほら、泳いでるよ。いや流されてる」

荒れ狂う波間で、時折顔をだすアザラシに、野生を感じた。生きるということの有りように触れるのは、いつだって楽しい。

なつきは野生のゼニガタアザラシに興味があるし、それを見てみたいと思う。彼らが岩礁で、一切動かないことを、面白いと思う。荒れ狂う海をじっと見つめ続ける健《けな》気《げ》さを、ずっと見つめていたいと思う。

動物園ですぐに飽きてしまう亮平なんかとは違うのだ。

槙田さんの優しい目に見守られ、隣で声をあげる遥希くんに煽《あお》られる。はしゃぐなつきは頭の片隅で、どうしてなんだろう、と感じている。

どうして自分は上野動物園で、フェネックとか、アイアイとか、エミューを見たいと、亮平に言えなかったんだろう。結局、行動も願望もずっと彼に合わせてばかりで、その行く末がこの様《ざま》だ。〝本当の自分〟なんて言葉は使いたくないけれど、なつきはもともと好奇心旺盛《おうせい》で、感受性が強い女子だった。

波間に顔をだして呼吸するゼニガタアザラシみたいだと思った。亮平と付き合うなか、自分もきっと、あんなふうに、波にもまれて顔をだしていただけだ。恋という大波にもまれ、恋を失うことを怖れ続けていた。

怖れの海のなかで、潜ることも岸に上がることもせず、なつきはただ顔をだし、波にもまれていた。渦中にいるときには、そのことに気付かなくても、今はわかる。

「なつきさん、良かったら、ここで美味《おい》しいものでも食べましょうか」

展望室を出るとき、槙田さんが言った。

「はい！　お腹空《す》きました」

一皮剝《む》けた失恋女子は、お腹が空くのだ。

駐車場に降りたときから、その脇にあった店が気になっていた。襟裳カニ爪入り塩ラーメン、襟裳寿し、ツブ貝の串《くし》焼《や》き、そして、スーパーうに丼――。

日高昆布を食べて育ったうにが、美味しくないわけがない。

美味しくないわけはないのだ。

◇

ちょっと高いのでどうしようかな、でも食べたいな、とメニュウを見つめていたなつきに、神の声が降ってきた。

「動画のお詫《わ》びではないですけど、僕がごちそうしますね」

「遠慮なくお好きなものをどうぞ。スーパーうに丼どうですか？」

活《いけ》うに丼の写真を物欲しげに眺めていたことも、今、嬉しそうな顔になったのも、見通されてしまったようで、なつきは少し恥ずかしくなる。

「失恋したての女の子に、お金をださせるわけにはいかないからね」

「おー、お前、たまには良いこと言うじゃないか」

遥希くんに笑いかける槙田さんに、ここは甘えてしまおう、と思った。

「あの、じゃあ、お言葉に甘えて、うに丼をお願いします」

それは箱に入ったうにではなかった。店先の生け簀《いす》には、襟裳で獲《と》れたという、うにや毛ガニやつぶ貝などがいる。それをそのまま捌《さば》いて載丼するということで、期待は高まるばかりだ。

やがて着丼したそれに、なつきは声をあげた。きれいな色のうにが、可愛らしくこんもりと盛られている。槙田さんも自分の手元のうに丼をしばらく見つめる。遥希くんは名物えりもラーメンを、早くも食べ始めている。

ゆっくりと、うにを口に入れたとき、頭のなかの何かが、くるんと回転するような気がした。美味しい……。甘くて、優しくて、濃厚で、新鮮。北の大地の食べ物は、小手先ではなく、何かこう、加工されていない天然の癒やしだ。

「喉《のど》じゃない。心がビールを求めることだって、あるんだよ」

「お、お前、また良いこと言ったな。なつきさん、せっかくですから遠慮せずどうぞ、どうぞどうぞ」

運転する槙田さんに申し訳なかったが、なつきは勧められるままに、ビールを頼んだ。

昼にお酒を飲むなんて、亮平と一緒だったら絶対にしなかっただろう。だけどときどき、こういう逸脱したことをして絆《きずな》を深めていくのが、カップルなんじゃないだろうか。だってそのほうが楽しいじゃないか。

「……美味しいです」

「美味しいの？　そのビールも？」

「うん、美味しいよ」

遥希くんは嬉《うれ》しそうな顔をして言った。

「忘れたかったり、悲しみに浸りたかったり。飲む理由なんてそんなもので充分だ。だけど、それを美味しいと思うのなら、君の失恋は癒え始めているんだよ」

「そうなの？　だったらかなり、癒え始めてるのかな」

実際、そうなのかもしれなかった。うに丼を食べるなつきは、亮平は東京で、いつものしょうもない牛丼でも食べていればいい、などと考えている。

ラーメンを食べ終えた遥希くんは、昆布ソフトクリームなどというものを舐《な》め始めた。

「遥希くんはさ、わたしのことばっかり言ってるけど、自分は好きな子とかいないの？」

「いるよ。さほちゃん」

あっさりと答えた遥希くんは、ソフトクリームを回転させながら舌ですくう。

「恋じゃなくて、愛してる」

「それは……、どういうこと？」

「自分を満たそうとするのが恋。自分よりも相手のことが大切になるのが愛だよ。さほちゃんは洋太《ようた》のことが好きって言ってたから、僕は恋じゃなくて、愛することにしたんだよ」

遥希くんはコーンのお尻《しり》からアイスを吸った。

なつきは亮平に恋していたけれど、愛してはいたのだろうか……。

遥希くんの言うように、自分より相手のことが大切になるのが愛ならば、相手に合わせてばかりだったなつきは、亮平を愛していたのかもしれない。だけど……。

なつきは、自分のことを大切にしていなかったのかもしれない。

そんな愛の形が、このような事態を、招いてしまったのかもしれなかった。

◇

なつきたちは、再び車に乗り込んだ。

遥希くんは後部座席のなつきの隣に座った。襟裳岬から釧路に向かう道中、動画に付いたコメントを、ほら、と言ってなつきに見せてくる。

コメントは恋愛相談というか、失恋独白というか、ともかく長いものだった。


――一年前、大好きだった恋人から別れを切りだされました。今その彼は、同僚の女性と付き合っていて……。というより、付き合っているときから、浮気されていたと思います。そんな人は忘れてしまえばいいんですけど、一年経ってもまだ彼のことを好きで……。最近はなんだか、自己憐憫《れんびん》が趣味になってしまいました。でもこの動画を見て、そんな自分を変えたくなりました。(通りすがりの信金職員)

「ねえ、これ何て読むの？」

「じこれんびん。自分のことを、可哀想だって憐《あわ》れんだりすること」

「それが趣味なの？」

「うん。そういう気持ちに浸るのが癖になって、日常になっちゃったっていう感じなのかな」

「ふーん」

遥希くんがまた何か名言めいたことを言うのかと思ったけれど、何も出てこなかった。

「でもこの人は、そういうのをやめたい、ってことだよね。この動画を見てそう思ったってことだよね？」

「そうみたいだね」

「へえ！　それってすごいじゃん！　ねえ、すごいよね、タケ！　これって作品の力ってことだよね？」

「……ああ、そういうことだな」

運転する槙田さんが笑いながら答えた。作品とはどうあるべきか、とか、そういう創作論みたいなことを、きっとこの親子は普段、話しているのだろう。

「すげー！」

「だけど今回は、九十九％以上、なつきさんのおかげだからな」

遥希くんは目を輝かせていた。

自分が撮った動画が人の心を動かし、人に影響を与えた――、彼にしてみれば、そんな経験は初めてなのだろう。

彼は自分の父親が撮った映画に惹《ひ》かれ、自分でも同じことをしたかった。その情熱と好奇心が今、こうやって誰かに届いたのだ。

その連鎖は美しく、とても尊いと思った。就活の面接で、大学生活で一番頑張ったことを三分と話し続けることができない自分に、遥希くんの目は眩《まぶ》しい。

「……返信してあげなよ」

「返信？」

「うん、この、通りすがりの信金職員さんに。お礼も兼ねてさ」

「わかった！」

嬉しそうな顔をした遥希くんが、スマホをにらんで文言を考え始めた。

（返信）ありがとうございます。わたしも頑張ります。

「ねえ、それじゃあ、わたしが答えているみたいじゃない？」

「でも、相手はそのほうが喜ぶっしょ。ナツキチは失恋神なんだから」

「失恋神なんかじゃない！　普通の女の子だよ！」

などとワゴンの後部座席で騒ぎながら、まあいいか、と思っていた。遥希くんが楽しくて、リプライをもらった人が嬉しいなら何よりだ。美しくて尊い連鎖に、なつきも加わればいい。

「あのさ、この動画、やっぱりこのまま公開しようか。これ見ても、わたしってわかるわけじゃないし。もっと再生数も伸びるかもしれないし」

「いいの⁉」

「うん。もしも何かあって、消してほしくなったら、そのときはそうしてもらうけど。今は消さなくてもいいかな」

「まじ！」

と言った遥希くんは、がばり、と前のめりになり、そのままじっと運転する槙田さんの後ろ姿を見やった。しばらくすると槙田さんが口を開いた。

「……まずはお礼だろう、遥希」

「うん。ありがとう、ナツキチ」

遥希くんがなつきの目を見て言った。

「ありがとうございます、なつきさん」

運転する槙田さんも言った。釧路へと向かう車は、海沿いの道から離れていく。

「いえ、こちらこそ。こんなふうにいろんな人が見てくれるなら、それもいいのかなって」

「そうだよ。恋を失った君は今、とてもきれいなんだから」

遥希くんはなつきの頭を、ぽんぽん、とする。

「遥希、あまり調子にのるなよ」

と、槙田さんが言った。

「うん、のってないよ！　けどナツキチは今、めっちゃキテるんだよ。僕らは今、失恋女子ムーブメントの、ど真んなかにいるんだから」

遥希くんはなかなか調子にのっているようだった。

「そんなムーブメントないでしょ？」

「あるんだよ」

スマホ片手に、遥希くんが説明してくれた。この動画は、他のSNSでも拡散されている。#失恋したて、#失恋女子、などというハッシュタグを辿《たど》ってみると、「一年前の自分を思いだした」とか、「わたしも同じこと叫びたい」などというコメントが溢《あふ》れている。

「へえー。さっきのコメントみたいに、みんな失恋話を書いてくれるといいね」

「そうだよ！『ハローハルチャンネル』を失恋女子の聖地にすればいいんだよ！」

調子にのりまくる遥希くんと一緒に、なつきも少し調子にのっていた。二人であれこれ考えながら、動画サイトの紹介文に、失恋話大募集！などと書き加えたりする。

「よっしゃ、バズっちゃうぜ！」

幸福駅に行くカップルたちは、幸せな気持ちや、将来への希望を、メッセージカードに書いて、元駅舎に貼り付けていく。なるほど、君たちはそれでいい。幸福は君たちに宿ることだろう。

傷ついてネットを漂流する失恋女子は、『ハローハルチャンネル』に集まろう。ここで思いを吐きだし、叫び、書き残す。そして不死鳥のように、何度でもよみがえればいい。

なつきだって昨日までのことを考えれば、今、笑えていることが不思議なのだ。

もっと積極的にコメントにリプライすれば盛りあがるかもしれない、と二人は作戦を練った。失恋女子たちのコメントを探し、リプライを試みていく。

——遠距離恋愛が始まって一年経ち、私も彼も土日にバイトを入れるようになって、長期休みにしか会えなくなってしまいました。会っているときに、彼が遠距離はもう限界、というようなことを言いだしました。私は彼が大好きで別れたくなかったので、少し泣いてしまいましたが、彼の方が大泣きして少しイラッとしました。

別れてから、私は連絡して欲しくないのに、彼はたまに連絡してきて、何を考えているかわからないと同時に、人として嫌いだなと思うようになりました。だけど吹っ切れていない部分もあり複雑です。

「ねえナツキチ、これってどういうこと？　人として嫌いなんでしょ？」

「彼女はそう思いたいし、実際にそうなんだよ。だけど好きな気持ちとか、好きだった思い出とかが、まだ残っていて、複雑なんだよ」

「ふーん。じゃあ、何て返せばいいの？」

「んー、応援してあげるっていうか……。彼女が新しい道に向けて、歩きだせるような言葉を考えて、寄り添ってあげられれば」

「えーっと、じゃあ……」

遥希くんは首を捻《ひね》りながらあれこれ考え、やがて返信を書き込んだ。


(返信) 突き抜けろ!


いいのか? と思ったけれど、まあ、結局はそういうことかもしれない。

「あ! 失恋またあった! 見てナツキチ」

「ほんとだ。これは……」


――彼のわたしへの連絡が減り、興味や関心も減っていくのがわかりました。彼が他の女の子と連絡を取り合うとき、すごく楽しそうにしていて……。それを見るのが、すごく辛《つら》くて……。

そのうち自分の相手に対する重たい気持ちに嫌気がさしたので、別れよう、とこちらから伝えました。もう少し客観的に見られていたら、何か違っていたかも、とずっと後悔しかないです。

「自分の重たい気持ちに嫌気がさして……か。すごくわかるかも」

「どれくらい重たいの？」

「相手のこと好きで、全部欲しくて、だからやっぱり重たいんだよ。今の、ずっと後悔している、っていうのも重たい気持ちだし……。やっぱり重たいよ。女の子の気持ちは重たいんだよ」

「えー、じゃあ何て書けばいいの？」

「軽やかに行こう、ってでも、そんなこと言われても、気は晴れないだろうし……、難しいね」

「どうする？」

二人で考え込んでいると、槙田さんの声が聞こえた。

「いいと思いますよ。簡単な言葉でも、相手にしてみれば、何かのきっかけになるかもしれないし。実際に相手に寄り添うのは、彼女の周りの人に任せましょう。こっちは共感の言葉と、簡単なメッセージを書いてあげればいいんですよ」

「それでいいんですかね？」

「いいんだよ！　ナツキチは失恋神なんだから」

「んー、えーっと、じゃあ……」

(返信)重くなってしまう気持ち、すごくよくわかります。お互い、これからは軽やかに恋したいですね！ 頑張りましょう。

「よっしゃ、次」

遥希くんは再び、失恋女子ハンターみたいに検索を始めた。

「ねえ、じゃあこれは？」

「こ、これは……」

――「好きな人ができたんだけど、どうしよう？」って、今付き合っている彼氏から質問されました。どうやら、わたしと付き合い続ける前提で言ってるらしいです。ちょっと引きました。

「こんなのはあれだよね？ 喝でいいよね」

「ああ、そうだね。それでいいよ」

（返信）相手に喝だ、喝！

簡潔に、柔らかく、気持ちに寄り添うように——。

目指す釧路までの道中、なつきと遥希くんは慎重にリプライをして回った。槙田さんもときどきアドバイスをくれる。

——当時、周りが結婚ラッシュで焦っていました。でも、彼はまだ結婚は早いという感じだったので、話し合って別れました。

その後、ほかの人と付き合ったけど結婚には至らず、今でもあの時の彼が一番好きで、忘れられません。

その彼と別れてもう八年経ちました。彼はもう他の人と結婚して、子どももいます。あの時別れていなければと、今も後悔しています。

（返信）あのときああしていれば、なんて考えること、わたしもよくあります。でもそんなのは、呪いみたいなものだって、ある人にアドバイスされました。呪いなんて振り切って、前へススメ！　ってその人は言ってました。全身全霊ただ前進、だそうです！

嘘。遠距離恋愛。結婚観の違い。浮気。不倫。嫉妬《しっと》。片思い。裏切り。夢と生活の葛藤《かっとう》。二股《ふたまた》。心変わり。三角関係――。

世界にはいろんな失恋が渦巻いていて、なつきの動画は今、その渦の中心にいるのかもしれなかった。遥希くんや槙田さんの力を借りて、アドバイスして回るなつきは、実は自分にそれを言い聞かせているのかもしれない。

車はいつの間にか市内に入っていた。久しぶりに信号に停まり、久しぶりに左折をする。

「あの、なつきさん、」

「はい」

何度目かの信号につかまったとき、槙田さんがあらたまった様子で言った。

「なつきさんの今後の予定は、どんな感じですか？」

「いえ、予定は何もなくて……、明後日に帯広から飛行機なんですけど、その前に幸福駅に、忘れ物を取りに行くくらいで」

「そうですか……」

その後、槙田さんは遠慮がちに誘ってくれた。

「もし良かったらなんですけれど、明日も、ご一緒しませんか？」

槙田親子の聖地巡礼は、幸福駅で始まって、襟裳岬や釧路を経て、常呂《ところ》というところで終わる。

「本当に良かったらなんですけど、常呂で泊まることもできるんです」

親子はそこで知り合いの家に一泊する予定らしい。その知り合いの家には、ゲストルームが何部屋もあるらしくて、なつきが泊まることに何の支障もないという。

「明後日には、帯広空港まで送ることもできますし」

親子は明後日、家のある札幌に戻るが、その途中に帯広に寄ってくれるという。

ホテルを一泊分キャンセルし、三人で聖地巡礼の旅を続ける――。

その申し出を断る理由なんて、今のなつきにはない気がした。

「一緒に行こうよ。希望があって、手段がある。だったら行くべきなんだよ」

いっぱしの冒険者の顔をした遥希くんが、なつきの後押しをしてくれた。

かしゃり、遥希くんが写真を撮り、それをSNSに投稿した。#失恋グルメというタグを付けている。

◇

獲《と》れたてのさんまの骨を取り除き、醬油《しょうゆ》ベースのタレに漬け込む。もち米をブレンドして炊き込んだご飯と、アクセントの大葉を、タレの染み込んださんまで包む。最後に炭火でじっくり焼きあげると、釧路名物さんまんまができあがる。

失恋の傷がグルメで癒えるのかと言えば、そんなことはないと思うのだが、なつきは今、美味しさに満面の笑みだ。

「忘れたっていい。それだけ君は、恋して、愛したんだ」

「なにそれ？　どういうこと？」

笑うなつきの目の前で、遥希くんはおちゃらけ、槙田さんは少し恥ずかしそうな表情をする。きっとこの科白《せりふ》は槙田さんが考えたものなのだろう。

「あの、槙田さん。わたし『失恋したての女の子』が観たいです」

「いいよ！　一緒に観ようよ！」

槙田さんよりも素早く、遥希くんが声をあげた。

「DVDがあるから！　これから観よう！」

テーブルから身を乗りだす遥希くんを、槙田さんが、こらこら、となだめる。

「これからってお前、どこで観るんだ？　明日、車のなかで観ればいいだろう」

「だって、それじゃあタケに見えちゃうじゃん」

「……ああ、それは、まあ、そうだけど」

どういうことだろう、と思っていると、遥希くんが説明してくれた。

「タケは観られないんだよ。観ると泣いちゃうから」

「泣かねーし！」

慌てたように言う槙田さんが微笑ましかった。

「……あの、だったら、プレイヤーを借りて、ホテルのテレビで観られるかもしれないですね。わたしも、どうせだったら大きい画面で観たいし」

「いいね！　じゃあそこで一緒に観よう」

「こら、ダメに決まってるだろ」

「いいですよ、槙田さん。何だったら遥希くん、泊まっていっても。どうせ二人分の料金、支払ってますし」

「ええ？　いや、でもそれは……」

「いいんだ。君が失った恋の代わりに、僕を見ているだけでも。僕はそれでいいんだ」

あははは、と笑うなつきに、遥希くんがハイタッチを求めてくる。

「本当は嫌なんだ。失恋したての君の痛みに付け込むなんて、本当はしたくないんだ」

ぱちん、と手を合わせて、遥希くんはまた笑う。

「だめだからな、遥希」

「いいんです、槙田さん。わたしもそのほうが気が紛れますし。何だったら三人で泊まっても」

「いやいやいや、とんでもないです。僕は本当に、DVDも観られませんし。そんな厚かましいこと、できるわけないです」

「じゃあ二人でいいよ。僕は子どもだから大丈夫でしょ」

「お前、自分で言うなって」

笑うなつきの前で、それからしばらく親子は押したり引いたりを繰り返した。

試される大地・北海道で、失恋マジックは起こる。

結局、なつきと遥希くんはホテルに一緒に泊まることになった。

夕飯を終え、三人はホテルに向かった。

「もしこいつが邪魔になったら遠慮なく連絡してください。すぐ回収に来ますので」

「はい、わかりました」

笑いながら答えるなつきに、槙田さんは恐縮しきり、という感じだ。

「本当にすみません。どうぞよろしくお願いします」

ホテルの玄関前に車を駐《と》め、三人は車を降りた。

「槙田さん、ありがとうございます。また明日」

「はい、また明日、よろしくお願いします」

「さよならだけが人生さ。シーユーアゲイン。また会う日まで」

「お前、何言ってんだ」

遥希くんは嬉《うれ》しそうな表情で、父親とハイタッチした。槙田さんはこれから二十四時間営業のスーパー銭湯のようなところに向かい、そのまま泊まるらしい。

「じゃあな、本当に迷惑かけるなよ」

「イエース、ダッド！」

「頼むぞ、ホントに……」

槙田さんは遥希くんの頬を両手で挟み、言い聞かせるようにした。それから何度もなつきにお辞儀し、車に乗り込んだ。

「……タケは心配性だなあ」

「遥希くん見てたら、誰でも心配すると思うよ」

「そお？」

二人は車を見送り、それから仲の良い姉弟《きょうだい》のような感じに歩き、ホテルのフロントに向かった。

「すみません、二泊の予定を一泊にしたいのですが」

ホテルにチェックインし、二泊の予定だったものを、一泊分キャンセルした。キャンセル代はかかるけれど、そんなものはもちろん亮平が払えばいい。なつきは今から、出会ったばかりの男子と二人でホテルに泊まるのだが、その料金も亮平が払うべきだ。

「おおー！　広い！」

今までスーパー銭湯と車中泊で旅をしてきたという少年は、はしゃいだ。部屋は広めのスーペリアタイプで、ベッドが二つある。なつきが荷物を降ろしたり、洗面所で着替えたり、といったことをしている間、遥希くんはひたすらベッドの上でジャンプしている。

なつきが借りてきたＤＶＤプレイヤーのセッティングを終えると、待って！　待って！　と、彼は声をあげた。

「手洗ってくる！」

どうしてこのタイミングなのかわからないけれど、遥希くんは洗面所に向かった。戻ってくると、神妙な顔をして、ベッドの端にちょこんと座る。

もしかしたら彼にとってこのＤＶＤを観ることには、何か神聖な意味があるのかもしれない。

「ねえ、これ観るの何回目なの？」

ディスクをトレイにセットしながら、なつきは訊《き》いた。

「わかんない。五十回か、もっとか」

「飽きたりはしないの？」

「飽きるっていうか、覚えた」

ブルー一色のテレビ画面をじっと見つめながら、遥希くんは言った。トレイは静かに、本体に吸い込まれていく。

「でも誰かと一緒に観るのは、これが初めてだよ。タケとも観たことないから」

なつきは彼の隣に座り、リモコンのプレイボタンを押した。

「お母さん、何て名前なの？」

「結《ゆい》。槙田結」

ディスクは回転し、やがて画面に美しい平原を映しだす。

それは見覚えのある、幸福駅の光景だった。

光景がゆっくりと移動していくのに合わせ、モノローグの声が聞こえた。

第 4 章

失恋したての女の子　# もっと北へ
優しいラーメン　# 切ないムック
失恋卵　# 秘湖　# ヒンナヒンナ
ホタテタワー　# 日本一の夕陽
DJ 親方

僕は今までに何人、失恋したての女の子を見たのだろう?
失恋した女の子の話を聞いたことだったら、何度かある。
彼女たちを元気づけたり、なぐさめたり、何も言えなかったり、ただ寄り添ったり。
でもそんなのは、きっと一部だ。
僕が気付かなかっただけで、失恋を日常に潜ませていた女の子もいたはずだ。

いつもバカ話ばかりしていた隣の席の女の子。
小学六年生の妹。
幼なじみの女の子。
仕事先で出会った女性。

学習塾で国語を教えてくれた先生。
旅先ですれ違った見知らぬ女性。
仲の良い女友だち。
バーで一人飲んでいる女性。
久しぶりに会おうよ、と言われて会った同級生。
毎週聴いていたラジオのパーソナリティー。
さっきまで一緒に飲んでいた、会社の同僚。

失意から回復へ向かう彼女たちの物語を、僕が知ることはなかった。
僕にだけではなく、誰にも気付かれることなく、その物語を終えた女の子もいたかもしれない。

でも、その日——。
僕は〝失恋したての女の子〟に出会った。

画面に、透明感のある、ショートカットの女性が映しだされた。

女性は儚《はかな》げな佇《たたず》まいで、プラットホームに立っている。女性の繊細な動きとシンクロするかのように、モノローグは続く。

どうしてだろう……。

僕には彼女が〝失恋したての女の子〟だって、すぐにわかったんだ。

なつきは映像に引き込まれていた。

女性を中心に、美しい風景や、時に廃墟《はいきょ》のような光景が割って入る。美麗さと空虚さが溶け合うような映像に、時折流れる男の独白。今までになつきが触れてきたどんな映像とも違って、これは多分、実験的で、挑戦的で、前衛的な作品なのだろう。

カメラはずっと女性の動きを追いかけていた。だが女性の目線は、決してカメラと合わない。その視線の先にあるものは何なのか。ずっと、何か一つのものを見つめ続けているその視線が美しく、哀しい。

あ、と、なつきは思う。今、初めて女性の目を、カメラが捉《とら》えた。

くるり、と振り向いた女性の向こうに海が見える。そこは風極の地、襟裳岬だ。

風に吹かれる女性は、笑ってもいないし、泣いてもいなかった。いや違う。笑いながら、泣いているように見える。何かを心に宿した目が、観る者の心に、小さな震えを起こす。

やがて場面は脈絡なく転換し、違う場所へと移った。ロードムービーのようでもあるし、淡々とした記録のようでもある。おそらくは明日向かう聖地なのだろう。湖や山、平原や海辺といった北海道のさまざまな場所で、女性は静かに存在している。

彼女はモノローグの声にうなずいたり、首を振ったり、笑ったりした。


初恋なんてのはさ、ただの恋の予行演習なんじゃないのかな？


その言葉に彼女は、ほんの少し涙ぐんだ。それからゆっくりと瞬《まばた》きする。

遥希くんから聞いた科白《せりふ》もいくつかあった。北海道の圧倒的な光景のなかで、彼女は可笑《おか》しそうに微笑み、またふっと寂しげな表情に戻る。

湿原に降り立ったタンチョウが、優雅に動き、またふわりと飛び立った。突き抜けるような青空をバックに、羽を広げた白いタンチョウが舞う。

やがてピアノのＢＧＭとともに、女性の動きが変化していった。歩き、振り向き、ステップを踏む。その動きは切れ目なく、舞踏へと切り替わっていく。舞踏は徐々に激しくなり、世界はまさに、静から動へ転換する。

コンテンポラリーダンスというのだろうか……。

失恋したての女の子が、飛び、跳ね、走り、くるくると回る。

感情の解放と、世界の変容――。

いつの間にかなつきの目から、涙がこぼれていた。失恋した自分の心の奥にある何かと、彼女の舞踏が共鳴し、涙がとめどなく溢《あふ》れてくる。

映画は全体で七十分くらいだった。終幕してからもしばらく、なつきの涙は止まらなかった。

「ね、すごいでしょ？　映画ってさ、魔法なんだよ」

遥希くんの声に何度もうなずき、なつきはぶーん、と洟《はな》をかんだ。

結さんの演技（あれは演技なのだろうか？）もすごかったし、これを撮った槙田さんもすごい。

時に作品はこんなにも、人の心の深いところに触れる。観る者と作品の共鳴というのは、こんなふうに剝《む》きだしに起こる。

満足そうな表情を浮かべていた遥希くんだが、その後、小学生らしく、電池が切れたように眠ってしまった。

なつきは部屋で一人、またＤＶＤの再生ボタンを押した。

◇

「おはようございます。槙田さんの映画、感動しました」

「……恐縮です」

昨夜、結局三度も観てしまった映画の感想を、なつきは何とか自分の言葉で伝えようとした。だけど槙田さんは、あまり取り合ってくれない。

「主演が素晴らしかったんです。僕はカメラを回していただけで」

「それはホントに素晴らしかったです。でもそれだけじゃなくて、うまく言えないんですけど、映像とか構成も良くて」

「いやいや」

車を運転する槙田さんは、少し赤くなっていたかもしれない。

「タケはシャイボーイだから」

「……お前に言われたくないよ」

「でも、本当に心に響きました。あんな作品を創りだせるなんて、尊敬します」

「ありがとうございます。それでなつきさん、」

彼は話を逸《そ》らすように言った。

「朝からなんですけれど、釧路ラーメンはどうですか？」

「ラーメンですか⁉」

「行く、行く、行く！」

驚いたなつきの声に被《かぶ》せるように、遥希くんが騒いだ。何でも近くに有名なラーメン店があって、朝から営業しているらしい。

「いいかもしれないですね、考えたら食べたくなってきました」

「じゃあ行きましょう。あっさりしたラーメンなんで、朝でもいけると思いますよ。場所もすぐそこですし」

実際、車はすぐに、その店に到着した。素朴な外観のその店には、朝からちゃんとお客さんがいて、ほとんどが地元の人のようだ。並ぶようなことはなく着席し、ラーメンというシンプルなメニュウを注文する。

「海の仕事をしている人は、今が仕事終わりだったりするんで、朝から開いてるらしいです」

「へえー。それは旅行客にとっても、ありがたいですね」

だって飛行機に乗るまであと五食、と、なつきは指を折った。どうせならそれを、全て北海道名物で埋め尽くしたい、などと考えるなつきにとって、朝から開いている店の存在は嬉《うれ》しい。

やがて届いた素朴な見た目のラーメンを、三人は啜《すす》った。

麺《めん》は縮れ気味の細麺だ。スープはカツオだしのあっさり味で、透き通っている。朝の身体に、優しさが染み渡るようなラーメンだ。

「……美味《おい》しいです」

なつきの心は癒え始めているのかもしれなかった。遥希くんの無邪気さや、槙田さんの温かな眼差《まなざ》しや、北海道の大地や、ラーメンの優しさに包まれながら。

昨夜観たあの人のように美しく踊り、心の内を解放するなんてことはできなかった。だけど彼女と同じ旅路を辿《たど》り、なつきは、朝ラーメンなどという非日常の体験に、精神の解放を感じている。なつきは今、あの人と同じ、幸福駅から襟裳岬を経て常呂へと向かう、回復の旅の途上にいる。

ずっと亮平からの連絡を気にしていたけれど、考えてみれば、今日は朝起きてから一度もスマートフォンを見ていない。どうせ亮平からのメッセージは届いていないし、万が一届いていたとしても、別にすぐ見なくてもいい。というよりそれは、やはり届いていないのだ。

ラーメンのスープはあっさりしていて、飲み干したくなるタイプのものだった。麺を食べ終えたなつきは、れんげで汁をすくい、口へと運ぶ。

全然気にしていないんだけど、でも朝から一度も見ていないしな、と、言い訳気味に考えながら、スマートフォンを確認した。だけどやはり、それが当然のことのように、亮平からは何もない。

苦しい、というメッセージに既読が付いたきり、二人のやり取りは、世界から取り残されている。

「既読マークなんて、ベルマークみたいなものだよね」

と、なつきは言った。遥希くんが嬉しそうな表情でなつきを見る。

「そうだよ。既読マークなんてベルマークみたいなものだよ」

それが遥希くんの名言リストに加わったのなら、少し嬉しいかもしれない。

「いやあー、なつきさん、既読マークとベルマークは、ちょっと違うと思いますよ」

「そうですね、わたしも違うと思います」

「同じだよ！　既読マークはベルマークだよ」

「既読マークは、集めないだろう」

笑う三人はやがて店を出た。

聖地巡礼の旅は、再び始まる。

◇

阿寒《あかん》国際ツルセンターでは、絶滅の恐れのあるタンチョウを保護している。

保護といっても、餌の減る冬の間に給餌《きゅうじ》をする、といった自然に近い形での飼育だ。だから冬になると、百羽以上の野生のタンチョウが、餌を目当てに飛んでやってくる。

施設入り口の展示室には、写真のパネルが多く飾ってあった。

純白の雪原に舞い降りる、タンチョウの群れ。白銀の世界で力強く、優美に翼を広げる、汚れなき鶴たち。緑の湿原でひな鳥に給餌する親鳥の姿。

展示室を抜けると広々とした野外飼育場があって、そこにはタンチョウのカップルがいた。

「アサヒとソラ、夫婦なんだ」

「大恋愛したって書いてありますね。情熱的な」

「恋愛と大恋愛と失恋の三つの記憶が、今の僕を構成しているんだ」

ちょっと遥希くんが何を言っているのかよくわからないが、それは二〇一〇年のことだという。

人工飼育されたアサヒ♂に恋をして、野生のソラ♀がケージに飛び込んできた。情熱的な大恋愛の末に結ばれたこの夫婦は、それから毎年卵を産み、抱いて孵《かえ》そうとしている。だがどうしてだかいつも無精卵なので孵ったことはない。

「ねえ、どっちが男？」

「見た目ではわからないんだって。夫婦で鳴きあう声だけが違って、オスがコー、メスがカッカッカッ。互いの絆《きずな》を深めあうときに鳴きます、だって」

「へえー」

と、言った遥希くんが、なつきに向き直った。

「コー！」

「カッカッカッ！」

絆を深めあう遥希くんとなつきを見て、槙田さんは笑う。

隣の柵《さく》の前に移ると、そこでは一羽のタンチョウがゆっくりと歩きながら、ときどき何かをついばんでいた。

「タンチョウ、ムック、メス。二〇〇二年五月三十日生まれ」

「ムックちゃんか」

「ムックは、タンチョウの着ぐるみを着た人間が親代わりとなる『コスチューム飼育』によって育てられました……へえー」

人工孵化《ふか》によって生まれたムックだが、鳥は初めて見た動くものを親だと認識してしまう。人間を親だと思っていては野生に放せないため、冗談みたいな話だが、飼育員がタンチョウの着ぐるみを着て育てるらしい。

だが途中でムックが病気になってしまったため、コスチューム飼育を中断せざるをえなかった。治療しているうちに、すっかり人に馴《な》れてしまったという。

ムックはおそらく、自分のことを人間だと勘違いしている。柵にはネットなどは張っておらず、オスのタンチョウが入ってくることもあるが、追い払ってしまうらしい。

彼女の恋の相手は、今も人間だ。毎年、飼育員の男性に恋をし、彼を思うあまり、卵を産んでしまうらしい。

「これは……、切ないですね」

「ええ。いつか良い相手が見つかるといいんですけど」

「ガチャピンがいいよ、ガチャピン！」

小学生はまたくだらないことを言っている。

広大なビオトープ（人工的に作られた自然）を見学しながら、三人は歩いた。遥希くんは前方の水辺に興味があるようで、少し先を歩いている。

「槙田さん、鳥は……」

「ええ」

「片思いでも、卵が産めるんですね」

「……ああ、そうですね」

「それって、何か良くないですか？　片思いの結果が残るっていうか」

「いやあー、でもそれ、ちょっと怖くないですか？　片思い卵。怨念《おんねん》がこもってそうで」

「爽《さわ》やかな、片思い卵だってありますよ」

「ナツキチ、失恋卵産みなよ！」

どうやら話を聞いていたらしい遥希くんが、振り返って言った。

「そんなの産まないよ」

ビオトープに風が吹き、野鳥が飛び立った。

愛と哀しみの失恋卵、などと思いながら、なつきは目を細めて野鳥の飛ぶ先を見つめる。

◇

交通量の少ない快走路を、青いワゴン車がひた走った。

見通しの良い、平坦《へいたん》な二車線道が続く。ときどきなだらかなアップダウンを経て、丘陵地帯を抜ける。聖地を映画の順に巡るため、車は少し遠回りをしながら、常呂に向かっている。

槇田さんのドライブは、ハンドリングが安定し、速度にブレのない、安心&安全のお父さん走りだ。後部座席の遥希くんは、スマートフォンの画面を、ひたすらスクロールしている。

「失恋神が返信を付け始めたからかな。再生も、コメントも伸びてるよ。ほら、これ。返信もしといた！」

「ええ、どれ？」

なつきは遥希くんの手元をのぞき込んだ。

――いい加減で、明るくて、前向きな彼が好きでした。

ずっと両想いだと思っていて、告白っぽいこともされたんですけど……。でも、いきなり連絡をくれなくなってしまい……。いつか連絡をくれると思い、一年ほど待ってました。

ある日、その人のＬＩＮＥのアイコンが赤ちゃんに変わっていました。絶対許さない。


（返信）ドンマイ！


「ちょっと、遥希くん！　返信がテキトーすぎない⁉」

「長いのも考えたんだけど、短いほうがいいかな、と思って」

「長いのって、どんなの？」

「えーっと」

遥希くんはなつきの目を見つめ、重々しく言った。

「人を強くするこの世でたった一つの方法は、待つことさ。大切なのは見返りじゃない。自分を強くしてくれた、この時間に、感謝するんだ」

「……いや。この人は、感謝できないでしょ？」

「だから短くしようと思って。ねえ、他にも来てるよ。いい？　読むよ」

彼はそのメッセージを大きな声で読みあげた。

――付き合ってもうすぐ三年の彼氏に、フラれてしまいました。彼氏がバイトの出張で他県に行ったとき、その県の大学に通う元カノのことを思いだして、急に別れたくなったと言われたのですが……。

そんなことってあります⁉　ちなみにその元カノとは、高校時代に五ヶ月だけ付き合っていたそうです。こっちはもうすぐ三年ですよ！　恨んではいないけど、呪ってます。


「以上、あつあげさんからのメッセージ」

「……もうすぐ三年か」

思わず呟《つぶや》いたなつきに、槙田さんがゆっくりと反応した。

「もうすぐ三年っていうと、ちょうど何か起こりがちな時期なのかもしれませんね。決して短くはない。だけど特別に長いってわけではないですし」

「……そうですね」

「それに比べたら元カノとの半年っていうのは、まだ始まったばかりですからね。この彼の場合には、まだ楽しい記憶しか、なかったのかもしれないし」

「ええ……」

「ナッキチは何年でフラれたの？」

「こら、遥希」

「いえ、いいんです……。いいんですけど……」

なつきはため息をつきながら、言った。

「わたしも……もうすぐ三年なんですよね」

「……それは……すみません」

「いえ、こちらこそ……なんか、すみません」

謝りあう二人の空気を切り裂くように、遥希くんが声をだした。

「ねえ！　返信これでいい？」

返信を書き込んだらしい遥希くんの手元を、なつきはのぞき込んだ。

(返信)　わたしももうすぐ三年でフラれました！

「……あのさ、別にいいんだけどさ」

「ドンマイ、ナツキチ！」

遥希くんは、ぽん、となつきの頭の上に手を載せた。ドンマイじゃないけど、まあ、いいか、と思う。もうすぐ三年というのは、何かが起こりがちな時期なのだ。

車が丘陵地帯に入り、エンジンが高い音を立てた。

「……あ、羊だ」

道路脇に牧場があって、何頭かの黒い羊が草を食《は》んでいた。

「ほんとだ！」

昨日から何度も牧場を見かけたが、遥希くんは慣れているのか、それがどーしたの、という感じだった。だけど羊の牧場は珍しいようで、ぱしゃり、ぱしゃり、と写真に収める。

「そろそろ、国道から外れて、山道に入ります」

「はい、ラワンブキ楽しみです」

ラワンブキ――。昨夜観た映画のなかで、ひときわ異質なシーンがあった。

形は普通のフキだが、大きさが違う。嘘だろう、というくらい巨大なフキが、びっしりと生い茂っている。そこに人がいるから、縮尺が狂ったかのように見える。

巨大なフキの傘の下で、女性が隠れたり、現れたりした。子どもの頃、絵本で知った「コロボックル」——。それはアイヌ語で「フキの下の人」という意味らしいが、無邪気に走り回る結さんは、まさにそんな感じだった。

そのロケ地になったのが、「ラワンブキ観賞ほ場」というところらしい。映画のなかでは、高さが三メートルを超えていそうなラワンブキが、ぎっしりと茂っていた。

「どうも何年か前の台風にやられたみたいで、あそこまで茂っているかは、わからないんです。単にフキが自生している場所なので、元に戻るのに時間がかかるらしくて」

車は国道から外れ、螺湾《らわん》川に沿った道を進んだ。

「ほら、もう、ところどころ生えてますよ」

「ホントだ」

道の脇にぽつん、ぽつんとフキが自生していた。大きさは普通のフキよりやや大きいくらいだが、道路脇に生えているフキ、というのは不思議な光景だ。

道ではほとんど車とすれ違わなかったけど、「ラワンブキほ場」に着いても誰もいなかった。観光地という感じでは全然なくて、「ラワンブキほ場」という看板と、数台の車が駐《と》められる草むらのような場所があるだけだ。

車を降りたなつきたちは、看板の脇を抜けて、草の上を進んだ。映画で観た、巨大なフキの森のような場所は、まだうかがえない。途中、ロープが張ってあって、そこより先は進めないようになっている。

「やはりまだ、回復していないようですね」

足を止めた槙田さんが言った。ロープの場所に、看板があった。

台風が連続して北海道に上陸した年、土砂や流木の影響を受け、それ以降、ラワンブキの生育の悪い状況が続いているらしい。かつてのような背丈に育つには、まだしばらくの年月がかかる見込みのようだ。

「……残念だけど、仕方がないですね」

なつきは前方の景色を見やった。山間《やまあい》の緑に、映像で見た嘘のような光景を、重ねようとする。

「いつになるかわからないですけど……、いつかまた回復しますよ」

「そうですね」

「ナツキチもな」

「わたし？」

訊《き》き返したのだけど、返事はなかった。

「……わたしは、もう」

回復した、のだろうか……。

その先の言葉はまだなつきの胸の奥で、風に吹かれている。

◇

そこはまさに原始の秘境、という感じの場所だった。

ラワンブキほ場を過ぎてそのまま進み、なつきたちは、オンネトーという湖に辿《たど》り着いた。

静かで美しい湖だった。昨夜、映画で観たときも、美しい湖だな、と思ったけれど、こうして目の当たりにすると、その光景の深みや奥行きに、心の底がしんとする。

オンネトーとはアイヌ語で〝老いた湖〟という意味らしい。五色沼という名でも知られており、季節や気候、見る角度や時間によって、湖面の色が変わる。

今、なつきたちが目にしているのはコバルトブルーの湖面だ。

「きれいですね」

「ええ」

湖を見つめる槙田さんが目を細めた。

映画でカメラが結さんを追いかけたように、なつきたちは湖畔を歩いた。木々の隙間から、穏やかな湖が見える。開けた場所からは、湖の向こうの阿寒富士が見える。

湖の水は酸性が強く、魚は棲《す》んでいないらしい。ときどき水鳥が湖面に波紋を広げるほかは、波もない。あの遥希くんでさえ、この湖の前では静かにしている。

映画にも出てきた湖畔のログデッキで、三人はしばらく時間を過ごした。

遥希くんは映画と同じ場所や角度で、なつきの写真や動画を撮りたがり、なつきもそれに応《こた》えた。かつて映画を撮っていたはずの槙田さんは、写真や動画を撮ったりすることはない（考えてみれば、この旅が始まってからずっとそうだ）。

湖畔で時間を過ごしたあとは、湯の滝というところに向かった。舗装されていない道路を、五分くらいがたごとと進み、そこからは誰もいない散策路を歩いた。

左右は豊かな天然林だった。ときどき巨木が現れ、また倒木が現れる。足下にはときどき真っ赤な怪しいキノコが見られる。

「この先の滝なんですけど、天然のマンガン鉱石が地上で取れる、世界的にも珍しい場所らしいですよ」

「へえー」

それがどれくらい珍しい現象なのかはわからなかったけれど、都会育ちのなつきには、そもそも周囲の全てが珍しかった。何というか冒険するゲームの世界に、迷い込んだような感じだ。例えばあの赤いキノコを拾ったら、ピロリロリン、などと音がするような気がする。

やがて一本道が開けて、緑のオアシスのような場所に着いたときも、ゲームのようだ、と思ってしまった。

「おおー、すげえー」

湯の滝に向かって遥希くんが走りだした。滝は小さなものだったが、岩肌が黒々としているのが目に新しい。流れ落ちているのは、水ではなく湯だという。

足下にはクローバーや芝が生えていた。ところどころに黒くて丸いものが落ちている。

「あ、これがマンガンですか？」

マンガンというと、電池などに使われているやつだ、と、なつきの知識はそれくらいだ。

「いえ、全然、違いますよ」

槙田さんは笑った。ふふ、ふはははは、と。

「それはシカのフンですね」

いつも穏やかに微笑むだけの槙田さんだが、今は可笑《おか》しそうに声をあげている。

「すみません、笑っちゃって。今、思いだしました。それ、妻も同じこと言ってた気がします」

言ってから槙田さんはまた、あはははは、と笑った。

恥ずかしい勘違いをして笑われているわけだけど、槙田さんの無邪気な笑顔が、なつきには何だか嬉《うれ》しかった。

◇

それから十分ほど車で移動して、野中《のなか》温泉というところに寄った。

エゾマツの原生林に囲まれたその場所は、車を降りるともう硫黄の匂いがした。この秘湯は、古くからアイヌの人々が利用する温泉だったらしい。

「せっかくだから、入っていきましょうか?」

「そうですね」

日帰り入浴ができるようだったので、親子となつきに分かれて、入ることにした。

自然湧出の、源泉掛け流し——。何やら泉質の力強そうなその温泉に、なつきはゆっくりと浸《つ》かった。

湯船は清潔で開放的で、なつきの他には誰もいない。気持ちいいー、と、一人で声をだしてみる。亮平なんかは、部屋でしょぼいシャワーを浴びていればいいのだ。

すっかりさっぱりした三人は、再び車に乗り込んだ。

山道を抜けて、国道に入ると、あっという間に阿寒湖に着いた。

マリモで有名なそこは、観光名所であり、温泉街でもある。車を降りたなつきたちは、湖を見学し、水槽のなかのマリモを見学する。そして近くのアイヌコタン（アイヌの村）に向かった。

村のゲートには、巨大なふくろうが飾られていた。そこを抜けると、いきなり異世界、という感じだ。

入り口付近には、民芸品の店や飲食店がぎっしりと並んでいた。ここは観光地だが、実際にアイヌの人々が今も住む集落でもある。自然と共生してきたアイヌの文化に触れられる、異国情緒に溢《あふ》れた場所だ。

ひとまず遅めの昼食をとろうと、民芸喫茶ポロンノという店に入った。

見たことも聞いたこともないメニュウのなか、槙田さんはユックセットというものを頼み、なつきと遥希くんはポッチェピザとマリモスカッシュを頼む。

ポッチェピザとは、ポッチェイモというアイヌの食べ物を、ピザにアレンジしたものだ。

秋に収穫したジャガイモを屋外に放置し、凍ったり溶けたりを繰り返して発酵させ、雪の解ける春先に、こして水にさらし、乾燥させる。今、ピザの生地となったそれは、もっちりして素朴な味がする。

槙田さんのユックセットは、つまり鹿肉（ユック）のセットだ。オハウという名の汁物と、豆や行者ニンニクを炊き込んだアマム（ごはん）に、メフンという名の鮭の腎臓《じんぞう》が付いている。

「ヒンナです」

「ヒンナヒンナ！」

「ソンノ、ケアラン」

覚えたてのアイヌ言葉で、なつきたちは食事に感謝した。

最後に出てきたマリモスカッシュとはつまり、レモンスカッシュのような飲料に、マリモに似せた小さなゼリーが二つ入ったもので、特にアイヌとは関係ない。

お腹がいっぱいになったところで店を出て、三人はアイヌコタンを散歩した。

アイヌ生活記念館を見学し、木彫りや刺繡《ししゅう》や小刀などの民芸品を見た。民族衣装を借りて、記念撮影もしてみた。アイヌ古式舞踊を見たり、火まつりに参加したりもできるのだが、そこまでの時間の余裕はない。

最後に、ムックリという、竹でできた小さな民族楽器を、遥希くんと一緒に買った。紐《ひも》のついた正式なムックリは音をだすのが難しいというので、紐のない簡易的なほうを選ぶ。お店のひとが丁寧に、演奏方法を教えてくれた。

振動する部分が口の前にくるように、左手で左頰にムックリを固定する。右手でムックリの端を前に弾《はじ》くと、音が鳴る。

みょーん。

あとは口の形を変えれば、不思議な倍音がでるようになる。みょーん、みぃょーん、びょーん、と音をだす二人を、槙田さんが可笑しそうに眺めている。

「……お楽しみのところすみませんが、そろそろ行きましょうか」

「はい」

なつきは返事をし、遥希くんは、みょーん、と音をだした。一行は駐車場へと向かう。

「常呂まで、多分、二時間くらいで着きます」

「はい、よろしくお願いします」

走りだした車は、すぐに国道に合流した。

安定走行する車のなか、みぃょーん、と遥希くんがムックリを鳴らした。なつきも、みょーん、とそれを鳴らし、みぃょーん、と遥希くんがまた鳴らす。

いつまでも鳴らしていると運転の邪魔になるかと思い、なつきは止めたのだが、遥希くんはまだやっている。

「そう言えば、常呂のお知り合いっていうのは、どんな方なんですか？」

「ああ。池山《いけやま》さんって言って、僕は親方って呼んでいるんですけど」

「親方？」

みょーん、みぃょーん、と、遥希くんのムックリが鳴る。

「サロマ湖でホタテの養殖をしているんです。僕は学生の頃、夏休みとか冬休みに、泊まり込みでアルバイトさせてもらっていて――」

何でも忙しい時期にはアルバイトが来たりもするから、人が泊まれる部屋がたくさんあるらしい。常呂での撮影中も、槇田さんたちを泊めてくれて、良くしてくれたという。

「面白い人っていうか……、ホタテ漁でお金はあって、だから例えばテレビ通販番組とか、見てるとすぐ買っちゃうんですよ。家中にそういうのが置いてあって」

槙田さんは笑いながら言った。

「最近はＤＪにハマっているみたいですよ。機材を揃えて、ＤＪルームを作ったらしいです」

「へえー」

槙田さんが常呂を訪れるのはかなり久しぶりで、遥希くんは初めてだという。ただ親方の娘が札幌の中学で寮暮らしをしており、学期が始まったり終わったりするときに、家族ぐるみで会っているらしい。

「ＤＪルームってのが、どんななのか、僕にもちょっとわからないんですけど」

みょん、みょん、みょわみょわ、みゃん、みょんみょんみょーん、と、だんだんうまくなってきたのか、遥希くんの音が変化していった。ムックリは音譜を追って弾く楽器ではなく、自然の音や、自分の心の内を表現する楽器らしい。

「ＤＪ親方、会うの楽しみなんですけど、でもわたしが行っても、本当にいいんですかね？」

「はい、それはもう。連絡したら、奥さんの祐子《ゆうこ》さんも、楽しみにしてるって」

道路の脇に、『シカ注意』の道路標識があって、それを見るのは三度目くらいだった。時が繰り返すように、似た景色のなかに何度もそれは現れる。

みょーん、みょん、みょわみょわ、みょーん、と、遥希くんは心の内を表現し続けた。だがいきなり演奏を止め、スマートフォンをいじり始めた。

「ナツキチ、新しいコメントが入ってるよ！」

せわしないことだ、と思いながら、なつきは画面をのぞき込んだ。動画の再生数は一万回を超え、コメント数は三百に迫っている。

——大好きだった彼との関係をしっかり断ち切れないまま、別の男性と結婚しました。

一度は会うのをやめたのですが、やっぱり彼のことが好きで、ときどき会ってました。

しかし旦那《だんな》への申し訳ない気持ちが大きくなり、もう彼と会うのをやめなければ……今日で最後にしよう……そう思って出掛けたとき、彼から別れを切りだされました。

わたしが会うのを躊躇《ためら》っているのをわかっていたようです。

優しい言葉をかけられて、わたしはさらに、彼を好きになってしまいました。

「へえー、あるあるだよね」

「あるあるじゃないよ！」

遥希くんのスマートフォンを奪い、なつきは返事を書き込んだ。

（返信）気持ちはわかります。気持ちはすごくわかるんです。でもわたしに言えるのはそれだけです！

ついでにスクロールすると、また衝撃的な書き込みがあった。

——昨日彼が別れようと言ってきたんです。理由を訊《き》いたら、私が優しすぎて罪悪感を覚える、ということでした。こういう時、なんて答えるのが正解ですか？　彼氏は最近成績も落ちてるみたいで、ちょっと不安定なのかもしれません。ちなみに彼氏は私のクラスの教え子です。

せ、先生！　となつきは思った。

正解が見つかりません！　と書こうとしたが、ひとまずスルーしてしまうことにした。

遥希くんに見せられる悩みを探していると、打って変わって牧歌的な書き込みがあった。

——最悪です。わたしの彼氏は、わたしがいるっていうのに、給食のとき、ちがう女子の三角巾《さんかくきん》を結んであげていたんです！

「ほら、こういうのは遥希くんのほうが、わかるでしょ」

「んー、どれ？　……ねえ、三角巾ってなに？」

「三角巾知らないの？　給食を配るとき、頭に巻くでしょ？」

「えー、そんなのないよ。帽子みたいなのは被《かぶ》るけど」

不倫の悩みをあるあるだと言う遥希くんは、三角巾を知らないようだ。しょうがないので、なつきが返信を書き込む。

（返信）仕返しに、別の男子の三角巾を結んじゃいましょう！

「ナツキチ、そういうのは良くないよ。憎しみの連鎖は、何も生みださないのだから」

「いいんだよ、これくらいは！」

「ふーん」

遥希くんはまたムックリを取りだし、みょーん、とやった。

車は最後の聖地へ、北上を続ける。なつきは常呂町について、スマホで調べてみた。

そこは網走市《あばしり》の隣で、北見市《きたみ》の北端のオホーツク海に面した場所にある。

常呂の語源は、アイヌ語の〝湖沼のある場所（トー・コロ）〟だ。その名の通り、ここには日本で三番目に大きな湖、サロマ湖がある。常呂町自体は小さな漁師町だが、ホタテの養殖に日本で初めて成功した場所らしい。

——正直この町、何もないよね。この町にいても絶対〝夢は叶《かな》わない〟って思ってました。だけど今は、ここにいなかったら叶わなかったなって思ってます。

カーリングでオリンピックのメダリストになった、常呂町出身の吉田知那美《よしだちなみ》さんの言葉だ。

日本初となる屋内専用カーリングホールが誕生したこともあって、今では常呂町と言えば、カーリングの町として有名だ。

そしてなつきたちにとっては、『失恋したての女の子』の聖地でもある。

◇

常呂森林公園に着くと、車を降りて、散歩した。

丘陵地帯を切り開いて作ったこの公園からは、常呂の平野と、オホーツク海やサロマ湖を見下ろすことができる。広く雄大なこの土地のシンボルのように、百年記念展望塔というものが立っている。

「ホタテタワーって呼ばれているらしいです」

「ホタテタワー……、ああ、なるほど」

「羽ばたく鳥をイメージしたデザインらしいんですけど」

鳥と言われれば鳥に見えなくもないが、ホタテと聞けばホタテにしか見えなくなるものが、その塔の先端に付いていた。まさしくあれはホタテタワーだ。

北の夏の空気を吸いながら、なつきたちは丘を歩いた。

台風が過ぎてから、晴れた日が続いている。この後、自分たちが見るはずの光景に、なつきの期待は高まっていく。

十八時が近づき、再び車に乗り込んだ三人は、道道サロマ湖公園線に向かった。

「サロマ湖に沈む夕陽は日本一だ、なんて言う人もいるようですね」

「はい。映画でも本当にきれいでした」

昨夜、DVDで観たのは、赤の光景だった。

巨大な赤い球体が、じりじりと水平線に沈んでいく。赤いフィルターをかけたような世界で、逆光によって描きだされた結さんのシルエットが影絵のように伸びる。影は自由に、艶《つや》やかに、飛び跳ねる。

――沈みゆく失望は、やがて希望となって昇るのだろう。

車はそのロケ地となった場所に着いた。

サロマ湖に面したそこで、それはもう始まろうとしていた。

視界の先で、まっすぐな水平線が、天と地をわかつ。夕闇のグラデーションが、空や薄い雲や水面を、染めあげようとする。刻々と変化し、増えていく美しい赤とともに、一日はまさに終わろうとしている。

息をのむように、なつきはその光景を見守った。アートのようだ、と感激していたのだが、それはまだ序章に過ぎなかった。じりじりと沈む日輪は、今際《いまわ》の際に、最も美しく輝こうとする。

「……すごい」

円から半円へ。日輪は留《とど》まることはなく、ゆっくりと水平線に溶けていった。最後の残光は煌《きら》めきながら、やがて光量を落としていく。

消えないで、と願った。やがて世界が闇に落ちることはわかっている。だけどなつきはその光に、消えないで、と願っている。

それでもそれは終わる。

消えた太陽の朱の名残りを、三人は見つめた。ゆっくりと変化していく。朱は闇に呑《の》まれていく。

「それは、失恋の終わりに、相応《ふさわ》しい光景だった」

と、遥希くんが言った。その言葉が、夕陽の残響のように、なつきの胸に染みる。

「……本当だな」

そう呟《つぶや》いた槙田さんの横顔を、なつきは見やった。

太陽が消えた先を、槙田さんはじっと見つめていた。あの美しい女性が亡くなって七年が経ち、その聖地を巡る二人の旅は、今、終わろうとしている。

彼の心のなかで、今、どんなことが起こっているのだろう……。

なつきには計り知れなかった。

なつきにとっての失恋は、多分まだ全然、終わったわけではない。今は親子と一緒にいて、考える時間もないが、一人になればまた、泣いたり嘆いたりするのだろう。許せないと怒ったり、もしかしたら亮平に対して、何か行動を起こしたりするかもしれない。

だけど――。

なつきはまた、太陽の消えた先を見つめた。

消えた太陽とともに、失恋も終わったんだと、思ってもよかった。

そう思ってもいいくらいのものを、自分は見たのだ。

◇

夕陽を見送り、池山家に着いたのは十九時過ぎだった。

「親方、お久しぶりです」

「おおー、タケちゃん」

人懐こく笑う親方の後ろから、娘の雪《ゆき》ちゃんも顔をだした。札幌の中学で寮暮らしをしていて、夏休みに実家に戻っているという彼女は、遥希くんと仲が良いようで、早くも二人で奥に走りだしていく。

親方に付いて屋敷のようなその家に入ると、祐子さんも顔をだした。

「あらー、えーっと、なつきちゃんだっけ。失恋したっていう」

「はい、恐縮です。押しかけちゃってすみません」

「いいの、いいの。うちは大歓迎だから」

どうぞ、どうぞ、と、なつきたちは案内された。食卓というより宴会場のようなところに、嘘だろう、というくらいのごちそうと、ビールとラムネが並んでいる。遥希くんと雪ちゃんは、既にラムネに手を伸ばしている。

「夕陽は見られた？　今日は晴れてたから良かったでしょ」

「遥希は何年生だ？」

「四年生。去年は三年生で、来年は五年生。再来年は六年生」

「ほら、どんどん食べてね。ビールでいいの？」

「はい、美味《おい》しいです！　ここで獲《と》れたホタテですか？」

「わたしバターサンド食べる！」

「おれも」

「後にしなさい」

「伊勢《いせ》エビも獲れるんですか？」

着いて五分も経たないのに、もう宴《うたげ》が始まっていた。

ホタテ、伊勢エビ、うに、イクラ、鮭、シマエビ、牡蠣《かき》、毛ガニ、昆布と海産物が豪華に並び、槙田さんのおみやげのバターサンドが早くも封を切られる。

なつきはこの場所に縁もゆかりもなかった。それなのにこんなに歓迎されていいんだろうか、と、最初は戸惑っていた。だけどこの家の大らかな雰囲気に助けられて、すっかりリラックスしていた。

獲れたての最上級ホタテが、感動的に美味しかった。他の海産物も素晴らしく美味しい。遥希くんと雪ちゃんの会話に口を挟みながら、なつきはよく冷えたビールを飲む。

DJ親方は、IRON MAIDEN と書かれた真っ赤なロックTシャツを着ていた。槙田さんや祐子さんを交えた会話の中心にいる彼は、背筋を伸ばして、赤い顔をしている。自分自身はほとんど何も喋《しゃべ》らず、ふにふにと笑いながらうなずいている。シャイとか無口とかいうよりも、仏様のような人だな、となつきは思う（徳が高そうに見える、というわけではないが）。

お腹がいっぱいになったらしい遥希くんは、ムックリをみょーん、と鳴らし、雪ちゃんと何やらきゃいきゃい騒いでいた。それに飽きると今度は部屋の隅の、ロデオマシーンのもとに走っていく。

うおー、とか、効くー、とか声をだしながら、小学生の乗馬ダイエットが始まった。それが終わったかと思うと、雪ちゃんと二人で、隣の部屋に向かう。きっと隣の部屋にも、変てこな健康器具がたくさんあるのだろう。毛穴をきれいにするヘラみたいな超音波マシーンもあるかもしれない。

「雪、急に子どもっぽくなっちゃって」

なつきの隣に移動してきた祐子さんが、笑いながら言った。中学二年生の雪ちゃんは普段、家のなかを走り回ったりはしないのだろう。

「あとちょっとしたら、お姉さんになるんだけどねえ」

「えっ？」

訊《き》き返したなつきは、祐子さんのお腹に目をやった。普通のようにも見えるけれど、少し膨らんでいるようにも見える。

「まだお腹は目立たないけど、今、ようやく安定期になったところ」

「……安定期って言うと、……あと、何ヶ月くらいなんですか？」

自分には何も知識がないんだな、と思い知りながら、なつきは訊いた。

「五ヶ月くらいかな。ね、ちょっと触ってみてくれる？」

「いいんですか？」

「うん。ここだと、知らない人に触ってもらう機会が少ないんだよね。女子大生なんて、久しぶりに見たし。だからぜひ」

「……はい」

少し緊張しながら、なつきは手を伸ばした。妊婦さんのお腹を触るなんて、初めての経験かもしれない。そっと手を触れると、丸い弾力を感じる。

確かにそこにあるはずの命に、なつきは耳を澄ました。手を触れたまま、近くて遠い、その存在を感じようとする。

「まだ反応とかは、全然ないんだけどね」

「はい、でも、あ、」

「今のは、わたしのお腹が鳴っただけ」

祐子さんは笑い、お腹が少し揺れた。

「……あの、おめでとうございます」

お腹から手を離し、なつきは言った。命の感触を、確かに自分の掌《てのひら》に感じた気がした。

「ありがとう。宿ったからにはしっかり産まないとね。十四年ぶりだけど」

祐子さんが言うには、つい、なのだそうだ。予定にはまるでなかったんだけど、つい、こんなことになってしまったらしい。

「え、そうなんですか!?」

祐子さんの話を聞くと、いろいろ衝撃的だった。まず親方と祐子さんは、再婚同士で、雪ちゃんは祐子さんの連れ子なのだそうだ。祐子さんのほうは三度目の結婚だという。

祐子さんはもともと札幌で、十八歳のときに結婚し、雪ちゃんはそのときの子どもらしい。いろいろあって離婚し、その後、日高《ひだか》の漁師と結婚した。が、そのときの夫を海で亡くしてしまった。

もう海の男だけはやめようと思っていたのだが、知人に紹介されて、バツイチの親方と結婚することになった。

「養殖だから大丈夫かな、と思って」

明るく笑う祐子さんは、常呂に来てからずっと、病床の義母の面倒をみていたという。その最期を看取《みと》ったのが一年くらい前で、それで、それからつい、などと言って、また笑う。

「……何だか、圧倒されちゃいます」

なつきの失恋なんかとは、別の次元にあるような話だった。

生活とは、命とは、人生とは――。それらは切実であり、不可逆であり、またリアルだ。どれだけ泣いたり嘆いたりしても、なつきの失恋などは、コップのなかの嵐に過ぎないのかもしれない。

「そんな大した話じゃないのよ、本当。あの人だってあんなだし」

なつきたちの話を聞いていたのか、いないのか、前に座るDJ親方は、背筋を伸ばしてふにふにと笑っている。

おばんでした、などと北海道では、挨拶《あいさつ》すら過去形で交わされる。

開拓の歴史を持つ北海道の人は、ともかく未来志向だ。前向きに恋愛し、結婚し、離婚しても、あーそうなんだ、今回は残念だったね、という感じらしい。結婚式のご祝儀の習慣がないというのも、そのせいなのではないかという。

「ああ、そうだ。あの子ら、先にシャワーを浴びさせないと」

頼もしき祐子さんは立ちあがり、遥希くんたちのところに歩いていった。

◇

It's show time!

なつきがシャワーを浴び終えると、みんなはDJルームに集まっていた。扉を開けば、そこは即席のクラブのような感じだ。

プロジェクターが、前面の壁に、揺れる海面のような画像を映しだした。天井ではミラーボールが回り、赤や青の玉が部屋のなかを流れる。側面の壁沿いに、DJ機材が格好良く並べられ、OPENと書かれた電飾が、点滅する。

「なつきちゃん！」

「ナツキチ、踊ろうぜ！」

大音量の鳴る暗闇の世界で、遥希くんと雪ちゃんが、変な踊りをしていた。親方は背筋を伸ばし、DJブースに座っている。

踊りよりも機材に興味を持ったなつきは、親方の手元を見つめた。だが、親方は特に、機材をいじるわけではなく、目を開けているのかどうかもわからない。なつきが見つめているのに気付くと、桃、と言った。

桃とは一体……、と思ったが、なつきがうなずくと、彼は手元のノートパソコンを操作した。しばらくすると、ゆったりとした音楽が流れ始めた。ミラーボールの回転が止まり、部屋が少し明るくなる。

Chill out——。

前方のプロジェクターだけが、揺れる海面を映し続けた。

桃、とまた言った親方が、備え付けの小さな冷蔵庫からハイネケンの缶ビールを取りだし、渡してくれた。ありがとうございます、とお礼を言うと、彼はむにんという感じに笑った。小さな冷蔵庫は、テレビショッピングで見たことがあるやつだ。

親方が差し示す指の先にチェアがあった。座れということかな、と思い、なつきは壁際の機材前にあるそのチェアに座る。親方は満足そうに、むにんと笑う。

さすがに飲み過ぎかな、とも思ったけど、なつきはまだ失恋女子だ。プルタブを引き、ぐびり、とやると、シャワー後の身体にそれが染み渡っていく。

「遥希、まだ起きてたのか？」

シャワーを浴び終えたらしき槙田さんがＤＪルームに入ってきた。

「もう寝る！」

「あたしも寝よっかな」

昨夜、夜十時を過ぎたらぱったりと寝てしまった遥希くんだが、今も時刻はちょうど夜十時だ。二人は、おやすみなさーい、と言い残し、部屋を出ていく。

親方は槙田さんにもハイネケンを渡し、もにょもにょと何かを話した。それから音楽の音量を落とし、ゆらり、と立ちあがって部屋を出ていってしまった。

「……親方、どうしたんですか？」

「今日は相当、夜更かししたみたいで、もう寝るそうです。漁師の朝は早いから」

「ああ、そうですよね。祐子さんもさっき、もう寝るって言ってました」

「じゃあ、僕らだけですか、まだ起きているのは」

「そうみたいですね」

二人きりのＤＪルームで、なつきは槙田さんと乾杯した。

「まだ十時ですよね……。正直、ヤケ酒ってわけじゃないんですけど……」

「わかってますよ。僕は朝まででも付き合いますよ」

「いえ！　そういうことじゃないんですけど、でも、飲んでそのまま寝ちゃうのが、一番、何も考えずに済むんですよねー」

「そうですね、わかります。じゃあ、眠くなるまで」

槙田さんは親方の座っていたチェアに腰掛け、ビールを一口飲んだ。

「僕はあんまり気の利いたこと言えないし、笑わせたりもできないですけど」

「それは大丈夫です。遥希くんに充分、笑わせてもらってますから」

なつきは笑い、槙田さんも可笑《おか》しそうに微笑んだ。

「それは何よりです。そう言えばあいつ、気の利いたことも言ってますね」

「それはでも、ほとんど槙田さんの作品の引用じゃないですか」

「……ああ、まあそういうところも、ありますけど」

「わたし、今日、気付いたことがあるんです」

失恋したりして傷ついている人を、笑顔にして元気づける——。それは尊いことで、笑えば気も紛れるし元気になれる。でもそれだけじゃなかった。

「今日、オンネトーの滝のところで、わたしがマンガンとシカのフンを間違えて、槙田さん、ものすごく笑ってたじゃないですか」

「ああ。すみません、無神経で」

「いえ、違うんです。あのとき、わたし、すごく嬉《うれ》しかったんです」

考えてみればなつきは、亮平を笑わせたことなんて、ずっとなかったかもしれない。

「わたし、気付いたんですよね。人を笑わせたり、楽しませたりしたら、自分が癒やされるんだなって。それって、笑わせてもらう以上に、嬉しいんだなって」

あれは笑わせたのではなく、笑われただけなのだけど、それはともかく、あのときなつきは嬉しかった。

「それで……。考えてみれば、わたし人の失恋話を聞くような余裕ないはずなのに、でも、遥希くんといろんな話に返信して……。それが自分の回復に繋《つな》がっているところも、ある気がするんです」

「……なるほど」

「あと、そういうのって全部、一人じゃできないことだから、失恋したときなんて特に、人と会うのは大事だな、って思いました」

「そうですね、その通りだと思います」

囁《ささや》くような音楽と一緒に、壁面に映る海面が、ゆらゆらと揺れた。

「今、聞いて思いました。僕もそうかもしれないです。……妻を亡くしたとき、遥希はまだ小さくて。しっかりしなきゃ、って思ってたんですけど……。でもまあ、酒量が増えたり……。だけど結局、あいつを笑わせたり、喜ばせたりすることが、一番自分の回復に繋がっていたんだろうって思います……」

音楽は緩やかに途絶えていった。機材に向き直った槙田さんが、何か操作をする。

「すごい。できるんですね」

「ええ、まあこの手の機材は、何となくわかるというか……」

前の曲の余韻と、次の曲の立ち上がりが、きれいに繋がった。なつきはチェアの背もたれにもたれかかる。メッシュ素材のそのチェアは、とても快適だ。

「今日、僕も気付いたことがあるんですよ」

「なんですか？」

「ちょっと恥ずかしいんですけど……」

槙田さんはなつきを、ちら、と見て、言葉を継いだ。

「さっき夕陽が沈むのを見たとき、思ったんですよね。妻を亡くして七年経って、幻みたいに覚えてるロケ地を巡って……」

「……はい」

「今、ようやく、自分の失恋は終わったんだな、って」

あのとき、太陽の消えた先を見つめていた槙田さんの横顔を、なつきは思いだした。

「自分が失恋をしたなんて、思ってなかったんです。でもそうだったのかもしれないなって。失恋したての女の子に会って、一緒に旅をして、それで、そんなふうに思ったんだと思います」

槙田さんはビールを飲み、機材の端に缶を置いた。そのままゆらゆらと揺れる海面の画像を見つめる。

「……あの、もし」

と、なつきは言った。

「はい」

「もし良かったら、なんですけど……。お二人のお話を、聞かせてもらえませんか？　気軽に訊《き》いちゃいけない話なのかもしれないんですけど……」

「いえいえ、そんなことないですよ」

なつきは慎重に訊いたのだが、槙田さんは微笑んでいた。

「これも一つの失恋話ですもんね、えーっと、出会いからでいいですかね？　高校で、上京して、十九歳のときなので、今から――」

頭のなかで引き算をしたらしき槙田さんが、十六年前だと言った。逆に足し算をしたなつきは、彼が今、三十五歳だと知る。

「考えてみたらあれですね、僕は彼女の失恋に付け込んだんですよ。当時、彼女が失恋して、それを僕がなぐさめてたんですよね。僕のほうには、彼女を好きだという気持ちがあって……。好きな女の子がいたら、その子の失恋は、こっちにしてみれば最大のチャンスで……。僕なんかは取り柄も何もないですしね」

槙田さんは笑うけれど、そんなことはないとなつきは思った。例えばその笑顔は、とても素敵だ。

「悪い先輩、って言うんですかね。教えてくれたんです。失恋した女の子の話をとことん聞けって。だけど、そんな男のことは忘れて自分と付き合おうとか、そういうことは言うなって。でもいつかは言えって。それを言うタイミングだけが、勝負だって」

「へえー！」

「だけどそもそも、そんなこと言う勇気もなかったんですよね。最初はいつか告白しよう、って思ってたんですけど、無理だなって……。心が折れてくる、っていうか……。あれなんですよ。好きな女の子の失恋に寄り添うってことはつまり、こっちも失恋し続けるんです。彼女がどれだけ彼のことを好きだったかとか、それは今も変わらないこととか、どんな思い出があったとか、そういう話を聞き続けるわけですから」

「……ああ」

「僕もまだ若かったんで、地獄のようにつらかったですよ。でも、半年くらいですかね。彼女と話していて、ふと、彼女の失恋が終わった瞬間がわかったんですよね。同時に自分の失恋も終わったっていうか……。その日、何の準備もなく、自然に告白しました」

「それって、どんな瞬間だったんですか？」

「ほんの、ふとした瞬間ですよ。笑い方が変わったな、って感じの」

「へえー」

「でも、そのときの、空気が揺れるっていうか、白黒写真にぽっ、と淡い色がついたような感じを、すごく覚えていて……。そのときのことが、だんだん自分の表現したいものになっていったんです」

「……それが、あの映画の」

「ええ。僕は映画が撮りたくて、映像系の専門学校に行っていたんです。でも撮りたいもののイメージなんかなくて……。講師には、卒業前に一本撮るよう、言われるんですけど、撮らなかったり撮れなかったりする者も多いんです。僕もその一人だったんですけど、撮りたいものができてからは、どうしても撮りたくなって……。結局、一年余分に学校に行って、アルバイトしてお金も貯めて、その次の年に講師の助手みたいなことをしながら、ようやく撮れたんです」

「結さんは、学生だったんですか？」

「ええ。彼女は普通の大学に通っていて、出演するのも嫌がっていたんですけど、頼み込んで出てもらいました。大学であのダンスをやっていたんですよ。ちなみに彼女の元彼ってのは、そのダンス部の先輩です」

槙田さんは笑い、ビールを飲んだ。飲み干してしまったようで、もう一本を冷蔵庫から取りだす。

「それから、彼女も僕も就職したんです。僕は講師の紹介で、制作スタジオに入って、そこでディレクターのようなことをしていました。パチンコ番組とか、ローカルＣＭとか、現場はいつも忙しくて、余裕がないんですけど、いつか自分で長編映画を撮りたいって、それだけは忘れないようにしようと思っていたんです。

あの映画が好評だったから、できると思ってたんですよね。でも企画も全然通らないし、脚本も書けなくて……。先輩からはとにかく、企画を立て続けろ、脚本を書き続けろ、ってアドバイスされていたんですけど、だんだん忙しいってのを言い訳にして、そういうこともやらなくなっていきました。だからと言って目の前の仕事に身を入れるわけでもなく、ただいつか映画を撮る、ってことを、酔うと口にするような、まあ、ダメ人間ですよ。

自分の頭のなかにだけは、素晴らしい映画や、映像のイメージがあるんです。でもそれをできる見込みもないし、何よりそれを表現する難しさが、だんだんわかってくるんです。今の自分の実力や状況と、理想には乖離《かいり》があって、それがどんどん拡がっていって……。

だからもう、口にすることもなくなっていきました。自分に映画が撮れる日が来るとは、自分でも思えないんです。自分で撮ったはずのあの映画も、もうどうして、あいう情熱を持てたのかわからないんです。あれ以上のことを、自分ができるとは思えない。それを認めたくなくて、企画や脚本を作ろうとしても、すぐに手は止まってしまって……」

槙田さんは苦悩を語っていたけれど、口調は淡々としていた。きっとそれはもう終わったことで、槙田さんのなかで消化したことなのだろう。

「僕と違って、彼女は就職して、ちゃんと地に足のついた生活をしていました。槙田はいずれ彼女に愛想を尽かされるだろう、って周囲には思われていたと思います。僕自身でさえ、そう思ってました。会う機会も減っていったし、会っても彼女に優しくできなかったし。八つ当たりしてしまうようなこともあったり……。そのうち酔わないと会えないようになってしまって……。最悪な時期でした。それで……、本当にだらしないんですけど、酔って会っていたときに、セックスして、子どもができてしまって」

夜の空気がぶれるように、槙田さんの声は少し震えた。

「それで……僕はこんななのに、彼女は産みたい、って言ってくれたんです。それでようやく、目の覚めるような気持ちになって……。遅いんですけど、本当に彼女には申し訳なかったんですけど、でも僕、そのときものすごく嬉《うれ》しかったんです。遅れたぶん、ちゃんと将来のことを考えようって思いました。どんな仕事でも、真面目にやろうって。第一に彼女や子のことを考え、地道に頑張って、十年後でも二十年後でも、映画を撮れればいい。今はやれることを頑張ろうって。ちゃんとしようって。

それから二人で籍を入れて、両親に挨拶《あいさつ》に行って……、何より、仕事に身を入れるようになりました。そうすると不思議なもので、時間にも余裕ができるようになって……。

空いた時間には、彼女の姿をビデオに撮りました。彼女はカメラに向かって話しかけてました。それが本当に嬉しくて。生まれてくるただ一人のための映像だって、映画と同じなんだ、って思いました。こういうことの延長に、いつか僕の撮りたい映画があるのかもしれないって、当たり前のことが本当にわかった気がしました。

それから遥希が生まれたんですけど、僕は仕事を増やして、忙しい日々を送ってました。彼女はちょっと体調が悪かったりして、仕事もしていなかったんですけど、遥希が三歳になる前に、心臓の病気が見つかって……。

入院が決まったとき、遥希はまだ幼稚園にも入ってなかったので、少し預けるつもりで僕の実家に預けたんです。彼女の実家は山口県で、祖母しかいなくて、頼れなくて……。

思ったより入院が長引いて、遥希に見せるためのビデオを、病室でよく撮りました。それを札幌に送っていたんですけど……。途中からはだんだん、もしかしたら退院できないかもしれない、っていう可能性を彼女も感じていて……、将来の遥希に向けた内容のものを撮るようになって……」

槙田さんは少し洟《はな》をすすった。

「彼女が亡くなったのは、入院して三ヶ月と少し経ったくらいでした。僕は何だかぼんやりしてしまって……。葬式なんかを終えたら、空っぽになった気分で、喪失感ってのはこういうものなのか……って。

だけど遥希が、ものすごく元気なんですよね。僕と久しぶりに会って、嬉しいって

 こともあるのか、ずっとはしゃいでるんです。ほんの数ヶ月離れていただけなのに、少し大きくなってるし、たくましくなってるし……。

母の死のことは、よくわからない様子で、またビデオ届かないのか、って騒いで。それで一緒にビデオを見たり……。

普通のことを普通に思うしかないんですね。そういうときは。亡くなった彼女のぶんも、息子のために生きようって、普通ですけど、そう思いました。悲しみから無理に目を逸《そ》らすことはないけど、必要以上に悲しむのはやめようって。しっかりしよう、って、本当にただそれだけです。

それから……、子育てのことも考えて、札幌に住むことにしたんです。札幌って言ってもうちは田舎のほうにあって、農業をやっているんです。親も体が動かなくなってきているから、それを手伝いながら、子育てしようって。

映画は……、自分にとっての映像は、彼女を撮るためのものだったんだな、って思いました。それで充分だなって。彼女の主演映画も撮れたし、遥希が見るための映像もたくさん撮れたから……。もうそれで充分だな、って。

それから今日で、ちょうど七年です。七年って考えたら長いですけど、でもあっという間でした。遥希は勝手に大きくなっていくし」

槙田さんはチェアを回し、立ちあがった。話をしている間にビールが尽きたのか、また冷蔵庫に手を伸ばす。

「なつきさんも飲みますか？」

「……はい」

「じゃあ最後に、一本だけ飲みましょう」

槙田さんがなつきに缶を手渡した。銘柄はハイネケンから金麦《きんむぎ》に変わっている。

「人生はこれで充分だと思っていたんですよね。贅沢《ぜいたく》しなければ、食べていく分には困らないし。遥希は大きくなるし」

槙田さんの口調は、少し弾んでいるようにも聞こえた。

「でも今日、夕陽を見た後に、ちょっと考えたんですよね。札幌で何か映像の仕事はないかな、とか、求人探してみようかな、とか」

「へえ！　いいですね！」

きっとそれも、失恋マジックの一種なのかもしれない。

「自分でも驚いてるんです。でも、やっぱりあんな夕陽を見たら、撮りたくなっちゃいますよ」

「そうですね、わたしも感動しました」

あの感動的な夕陽はまた明日、朝日となって昇るのだろう。

それが再び夕陽になる前に、なつきはこの地を離れ、東京に戻る。

来て良かったな、と思う。常呂に来たことも、北海道に来たことも、いろんな経緯《いきさつ》はあるにせよ、良かったことのように思える。

ここで出会った親子と旅ができて、本当に良かった。

ゆらゆらと海面は揺らめき、小さな音楽が耳元をくすぐった。

あと缶ビール一本で、この夜も終わる。

第 5 章

#忘れ物を取りに　#恋は練習できない
#豚丼　#どん菓子　#お団子ヘア
#エゾリス　#どこへでも行ける切符
#ここには幸福しかない

あともう少しだけ、この不思議な旅は続く。

なつきは就活の予定を記入した白い手帳を、幸福駅に忘れてしまった。それを取りに行かなければならないのだが、この旅の終着駅として、幸福駅はとても相応《ふさわ》しいんじゃないだろうか。

三人を乗せた青いワゴンは、北海道を縦断した。常呂から帯広まで、およそ三時間で着く。

道中、なつきは自分の失恋について話すことにした。他人の失恋の話ばかりしていて、自分のことは、それまで何も話してこなかったから。

順を追って話をしていった。

亮平との出会いや、付き合いだしたきっかけ。付き合っていたときのことや、就職活動中のこと——。

「それで、北海道旅行だけを楽しみに、わたし、就職活動を頑張ってたんですよ。会えないのも我慢して、本当に、この日が来ることだけが、心の拠《よ》り所だったんです。でもフラれてしまって、それで幸福駅で泣いていたんです」

話していると自分がまだめそめそしているというか、事実を受け入れていないというか、ともかくまだ、失恋のなかにいることがわかる。

「小学生とか、中学生のときに、いいなって思うような人はいたんですけど……。でもちゃんと好きになったのは、彼が初めてで……。初恋だったんですよね。初恋の人と初めて付き合って……。すごく幸せで……、楽しい時期もあって……。だからこの先、次の恋なんて想像できなくて……」

「ナツキチ」

なつきの肩に手を置いた遥希くんが、顔をのぞき込んできた。

「初恋なんてのはさ、ただの恋の予行演習なんじゃないのかな?」

遥希くんの言葉に、なつきはふいに涙ぐんでしまった。だけど泣かずに、ゆっくりと瞬《まばた》きする。

「恋は練習できない。でも予習はできる」

「……そうなんだ」

遥希くんは相変わらずの言葉で、なつきを励ましてくれる。

ずいぶん壮大な予習だったな、となつきは思う。いや、でもあれが予習なら、本番ではどうなってしまうのだろう……。

「あの、なつきさん」

運転する槙田さんが、遠慮がちに声をだした。

「お話うかがって……、ちょっと、申しあげにくいんですけど」

槙田さんは優しい人だ。だけどその後の彼の言葉は、なつきの胸を鋭くえぐった。

「その彼、十中八九、浮気相手がいるはずです。間違いないです」

そうなのではないか、と思っていた。だけど、そんなはずはない、とも思っていた。

「彼はもともとなつきさんに、『最近、彼女とうまくいっていない』と言って近づいてきたんですよね。相手が社会人になって忙しくて、なかなか会えなくなったからって」

「……はい」

「それで自分の弱さを見せたうえで、なつきさんのことを好きだと言って、でもまだ彼女と別れていないから、告白できないと言う。これ、自分を安全な場所に置いたうえで、なつきさんの反応を試してるんですよ。そして行ける、という確信を得てから、前の彼女と別れた」

ぐさぐさぐさ、とその言葉が胸に突き刺さった。

「それはさておき、です。今、なつきさんは就職活動で忙しくて、彼となかなか会えない。彼は気になる女の子にそれを相談する。だとしたら、なつきさんのときと同じですよ。相談して弱さを見せる。それで、なつきさんが北海道に来る直前に、相手と何か進展があったんじゃないでしょうか」

「………」

「彼がそういうことを、どこまで自覚的にやっているかはわかりません。そもそも彼は、自分が大変なときには相手に頼るけど、相手が大変なときには寄り添いたくないんですよ。自分のつらさは見せたいけど、相手のつらさには触れたくない、っていうタイプです。だからもしかしたら無自覚に、相手がつらい時期に、別の女性に目が行くのかもしれません。もちろんこれは、すべて想像ですけど」

そうかもしれない、と思ってしまった。亮平は本当の意味で優しくはなくて、強くもない。弱くて自分勝手で、いつも自分が正しいと思っている……、でもそんな亮平のことが好きだった。

「男って成長しないですからね。彼は、なつきさんと付き合いだしたときにも、前の

相手に失恋していないんですよ。今回もそうです。彼は〝失恋〟していない。だから
これからも、同じことを繰り返しますよ」
そうかもしれない、とまた思ってしまった。
「なつきさんは彼と違って、ちゃんと失恋したんだから、大丈夫です。これからいい
ことあります」
世界中の失恋女子や失恋男子に、同じ言葉を聞かせたかった。
ちゃんと失恋したんだから、大丈夫。ちゃんと失恋したんだから、大丈夫――。
「失恋には未来しかないんだよ」
泣いてしまったなつきの頭を、遥希くんが、ぽんぽん、と優しく叩《たた》いた。北の道を
行く車の振動が、泣くなつきを心地よく包み込んでいく。
ひとしきり泣いたなつきは、顔を上げて洟《はな》をすすった。そう言えば、まだ話してい
ないことがあった。
「あの、わたしたち、そもそも幸福駅で待ち合わせていたんですよね。彼は北海道に
先に出張で来ていて、わたしは東京から飛行機で向かって」
なつきはそれを、どちらかと言えば笑顔で話していた。
「彼は勝手に東京に戻っちゃって、来なかったんですよ。で、東京からメッセージで

別れようって。わたし、幸福駅に置き去りにされたみたいで」

「え⁉　そうだったんですか？」

槙田さんが出会ってから一番ではないかという、大きな声をだした。

「あるあるだよね、待ち合わせの場所に来ないって」

「あるあるじゃないだろ！　だけど、え？　それは一体どういう了見なんですか？」

「いや、わたしも最初、本当にサプライズか何かかと思ったくらいで」

今でもなつきには信じがたいことだ。

だけど恋心を剝《は》がして亮平を見れば、そういう性質はあったかもしれない。嫌なことからは無自覚に逃げる。自分は良い子でいたい。人の気持ちをわかろうとしない。

それでもちょっと、その行動は信じられなかった。そして、それでもまだ自分が亮平を好きなことも信じられない。

「いや……、彼の性質もあるのかもしれないですけど、それでもそれは……。申しあげにくいんですけど……」

「はい、なんですか？」

「……もしかしたら、出張中に、例えば同僚の誰かと、良い仲になったのかもしれないです。それで二人で帰っていったとか……」

そうかもしれない、と、なつきはまた思ってしまった。

◇

午後一時少し前に帯広に着き、三人は豚丼を食べた。

忘れ物は手帳だけではなかった。もともと豚丼は北海道に着いたらすぐに食べようと思っていたのだ。

香りが猛烈に食欲をそそるB級グルメだった。醤油《しょうゆ》ベースの甘辛いタレが、高温で網焼きされたロース肉に絡みついている。その忘れ物はとても美味《おい》しい。

豚丼を堪能《たんのう》し、一行はまた車に乗り込んだ。帯広→羽田のフライト時刻の十七時まで、まだ時間は充分にある。青いワゴンは幸福駅へと向かう。

道道――。

車は道道109号を進む。うっすらと見覚えのあるような景色が、車窓を流れていく。パッチワークのように広がる農場のなか、濃い緑色のトウモロコシ畑を、なつきは懐かしいと感じる。

あ、と声をだしそうなくらい、懐かしい景色をなつきは見た。不可思議な形の鉄塔が前方に見える。幸福駅はもうすぐだ。そして、なんだっけな、と思う。この辺りで何かに気付いたというか、引っ掛かっていたことがあった気がする。

「あー、あれだ！　これ何なの⁉　遥希くん知ってる？」

窓から見える看板に大きく「ドン加工」とあった。ドン加工とは何なのか？　道民にとって、ドン加工は普通のことなのか？　一体それは、何のことなの⁉

「知らない」

と、遥希くんは言った。

「何なんですかね」

と、槙田さんも言う。減速した車から、ドン加工の看板を見ると、（こめ、トウキビ、いなきび、小豆《あずき》、黒豆）という文字が見える。どん菓子と書かれたのぼりもある。

「あー、わかりました。どん菓子ですね」

槙田さんは説明してくれた。

それは要するにポップコーンのようなものだ。米やトウモロコシなどの穀物を、筒状の機械に入れる。なかを密閉し、圧力と熱をかける。ハンマーで、どん、と叩いて急激に圧力を開放すると、穀物はエアリーなお菓子へと変わる。

昔はよく、公園などの人が集まる場所に、ドン加工の人が来ていたという。

「あー、お米のお菓子みたいなの、ありますね」

「それです。僕らは、ぽん菓子って言っていたかな」

「それをここで、作ってくれるんですかね？」

「そうですね、行ってみましょうか？」

なつきは少し迷ったあと、首を振った。

「いえ。それはまた今度にして、幸福駅に向かいましょう」

「……はい。そうしましょうか」

そこはもう、目と鼻の先だった。

右折して駐車場に入ると、幸福駅はあの日と変わらずにあった。

そこはあの日よりも、幸せに満ちている気がした。台風が近づいていたあの日と違って、今日は晴れ渡っている。

蝉の鳴き声が聞こえた。夢見る向日葵《サンフラワー》が、太陽を追いかけている。動画でなつきが叫んでいた位置に立つと、目の前を蝶《ちょう》がひらひらと舞う。

走りだした遥希くんを、なつきは追いかけた。線路の脇でしゃがんだ遥希くんが、花を見つけ、手を伸ばす。

「ナツキチ、これあげる」

遥希くんが白い花を差しだした。

「そのお団子に挿したら似合うでしょ」

なつきは今日、久しぶりに髪をアップにして、お団子ヘアにしてきていた。

「……ありがとう」

自生していた名も知らないその花を、なつきは髪に挿してみる。

「君には花が似合うよ、ナツキチ」

「……ありがと」

追いついてきた槙田さんを見た遥希くんが、声をあげた。

「あれ！　それどうしたの？」

「ああ、親方に借りてきたんだよ。あの人、無駄に良い物を持ってるから」

槙田さんはビデオカメラを持っていた。

「それで、なつきさん」

槙田さんはあらたまった調子で言った。

「今日、動画を撮ってもいいですか？」

「撮って、撮って！　おれも撮って！」

なつきが答える前に、遥希くんが騒いだ。

「お前も撮ってやるけど、今、なつきさんに訊《き》いてるんだ」

槙田さんはなつきに向き直った。

「大丈夫ですか？　なつきさん」

「……はい。よろしくお願いします」

「ありがとうございます」

槙田さんは微笑み、手元のカメラをいじり、のぞき込んだ。

「では二人とも、ご自由に。良い時間を」

遥希くんとなつきはここで自由に振る舞い、槙田さんがそれを撮影する、ということらしかった。遥希くんはまたいきなり走りだし、なつきはそれを追いかける。

鮮やかな緑の芝生の上を走り、橙色《だいだいいろ》の車両に飛び込んだ。昭和の光景の写真を、遥希くんと眺める。その様子を槙田さんが撮影する。

花畑に囲まれた道を歩き、駅舎の前のアーチを見あげた。

そしてからん、からん、と、二人で幸福の鐘を鳴らす。

その様子を槙田さんが撮影する。

プラットホームを歩き、線路をのぞき込んだ。さっきとは別の車両の脇を歩き、なつきは足を止めた。先に車両に乗り込んだ遥希くんが、乗車口で振り返る。

「どうしたの？　乗らないの？」

「うん。わたしは、いいや」

「どうして？」

「……わたしここで、フラれたんだよね。何だか、息が詰まっちゃいそうで」

「大丈夫だよ！」

頼もしくて優しくてちょっと馬鹿な小学生が、手を差しだした。

「おいでよ！　ナツキチ」

ゆっくりと伸ばしたなつきの手を、遥希くんが握った。

「大丈夫、これは幸福行きの列車なんだから」

「……そうだね」

手を繋《つな》いだまま、光の満ちる車両に入り、座席に並んで腰をおろした。窓の外から槙田さんがカメラを構えている。

「ほら、ナツキチ、リスがいるよ」

「ほんとだ」

プラットホームの柵《さく》の前に、エゾリスが一匹いた。

遥希くんの手は温かく、車両は光に満ち、エゾリスはきょろきょろと辺りを見回す。

槙田さんのカメラは回り続ける。

記憶は上書きされていく。ここには本当に、幸福しかないのだ。

◇

「森田さん……、ああ、手帳の忘れ物ね」

優しそうなみやげもの店の女性が、白い手帳を取りだし手渡してくれた。

「助かりました。ありがとうございます」

戻ったら就職活動か、と、頭の隅で思いながら、なつきは手帳をしまった。

みやげもの店ではピンク色の可愛い「幸福のキップ」が売られていた。亮平と一緒に買おうと思って、到着した日には買わなかった切符だ。

「切符、買うでしょ？」

遥希くんと一緒に、幸福駅の切符を二枚買った。

「切符を買ったんだ。これで君はいつでも幸福駅に来られる。この切符があれば、君はいつでも幸せになれる。これはどこにも行けない切符だけど、どこへでも行ける切符だよ」

映画の言葉を呟《つぶや》く遥希くんを、槙田さんのカメラが遠くから捉《とら》え続ける。

十勝の空は青かった。雨に濡《ぬ》れたあの日の幸福駅とは、まるで違う空だ。

遥希くんは芝生の上を走り、なつきはそれを追いかけた。笑い、声をあげ、戯れる。はたから見れば、それは何かを確かめ合っているように見えるかもしれない。あるいは踊っているように見えるかもしれない。

遥希くんが走り、なつきが追った。オレンジ色の車両が駐《と》まるプラットホームを駆け抜け、線路の上を行って、戻って、跨《また》ぎ、飛び越える。恋人でもなく、姉弟《きょうだい》でもなく、親子でもない。だけど二人は、同じところへ向かっている。

わかっていた。

なつきの失恋は今、終わろうとしている。

たくさんの切符やカードで覆いつくされた幸福駅の駅舎を、二人はぐるっと見渡した。幸福を求める様々なメッセージを眺め、やがて駅舎の向こう側へと向かう。

その様子を、槙田さんのカメラが捉えていた。カメラはもう、被写体に寄らない。

なつきたちの後ろ姿はどんどん小さくなり、やがて駅の向こうに消える。

これはかつて撮らなかった、『失恋したての女の子』のエピローグだ。
彼女は踊る。小さくて無垢《むく》な魂とともに、彼女は踊り続ける。
失恋したての彼女は美しい。でも……。
旅を終え、失恋を終えた彼女は、もっと美しい。
踊る二人には未来しかなく、その幸福が、何よりも美しい。
ありがとう……。
君が僕に教えてくれた。
失恋を終えた君と同じように、僕も……。
鎮魂のときは終わったのかもしれない。
彼女は生きる。その人生は続く。だったら僕も……。
その美しい示唆に、涙が止まらない。
永遠に——。僕はこの光景を永遠に、永遠に撮り続けたいと願っている。
失恋したての女の子と旅をして、僕は回復していた。
寄り添ったつもりで、本当は自分が旅をしていたのだ。
彼女のように若くはない自分も、その後を生きられるだろうか。
生きよう、と思う。

もう二度と撮ることはないと思っていた。
この映画に終わりなんていらないと思っていた。だけど、終わらない映画なんてない。
彼女のおかげで、僕はこの映画を撮り終えることができたんだ——。

その後なつきは、車で帯広空港まで送ってもらった。
空港で二人と握手をして別れたとき、泣きそうになったけれど、泣かなかった。
代わりに、また来ます、と二人に約束した。
ぜひぜひ、と槙田さんは言い、いつでも来なよ、と遥希くんは言った。

第　6　章

#あれから　#どこへでも行きます
#全然あり　#実は最近
#年上の人と連絡を取り合ってます
#手帳の空白

あれから……。

あれからきっぱり失恋から立ち直ったというわけではなくて、やっぱり泣いたり憤ったり、寝られなかったりする日はあった。

苦しい、に既読が付いたまま放置されたLINEのトーク画面を見つめ、閉じ、また見つめ、やがて身を切るような思いで、メッセージを送った。

――もう新しい彼女できたの？

言いたいことはたくさんある。だけどそれをちゃんと書くなら、原稿用紙百枚くらいになってしまうだろう。だからその代わりに――。これが正解なのかどうかわからないし、こんなことを書くのは本意ではないけれど、ともかく勇気をだして、そのメッセージを送った。

だが、三十分後に返ってきたメッセージに、なつきはスマホをベッドに投げつけた。

——ごめん

泣き、のたうち回り、眠れずに、それでも日常は続く。

相変わらず就職活動では苦戦が続いているが、それでも以前とは違う答えを、なつきは面接官に返すようになった。

——転勤は大丈夫ですか？

——はい、どこへでも行きます！

それは本当の本心だった。日本のどこででも自分は生きられるし、きっと恋もできる。それが北の果てだったとしたら、なつきはむしろ喜んで行ける。

面接の度に、自分は空っぽだと感じていたけど、今はそうは思わない。学生生活で得たことはなんですか？　というお決まりの質問にも、以前より自信を持って答えられるようになった。

旅をして気付いたことがあるんです。

もちろん、それをそのまま言うわけではなかった。でも失っていたものを、なつきは取り戻したのだ。

なつきは初めて恋人ができたとき、嬉《うれ》しかった。相手に合わせてばかりだったけど、知らないことばかりで、すごく楽しかった。それまで、大切にしていたことが、ちっぽけなことに思えた。

でも、そういうちっぽけなものは、自分がずっと大切に、育んできたものではなかっただろうか。

もともとなつきは好奇心旺盛《おうせい》で、もっと天真爛漫《てんしんらんまん》だった。好きな本を読んで、好きな場所に行って、好きなことを追いかけていた。特技だって、たくさんある。お酒が強いとか、小学生の扱いがうまいとか、そういうのだって特技だ。

そんなことを忘れてしまうほどの、恋の魔力……。その恐ろしさも、今はちゃんとわかる。

ちゃんと本質を見て、生きよう、と思う。どん底まで落ち込んで、旅をして、わたしの失恋はもう、終わったのだから。

きっとうまくいく。今はまだ結果が出ていないけど、就職活動もそのうち良い結果が出るだろう。新しい恋だって、そのうち見つかるに違いない。

大学生活、長く亮平と付き合っていたから、男友だちもいなかった。他の男子に、いいな、と思うようなこともなかったし、今もそういう人はいない。

だけど例えば……。

指を折って数えてみると、十二か、十三か、なつきとは一回り違うけれど、でもそれは全然ありだ。

例えばなつきの頭をぽんぽんとするのが、遥希くんでなく槙田さんだったら、なつきは一撃で恋に落ちていたかもしれない。それは例えばの話だけど、そういう可能性だってあるのだ。

就職活動が終わったら、冬休みにでも、また北に旅をしようとなつきは思う。

だってなつきはまた、忘れ物をしてしまった。

ドン加工を体験しなければならない。アイヌの火まつりにも参加したい。槙田さんが七年ぶりに撮った動画も見たい。遥希くんとも遊びたい。復旧したラワンブキもいつか見たい。ＤＪ親方に東京みやげを渡したい。札幌にも行きたい。あと函館《はこだて》のラッキーピエロ略してラッピにも行きたい。冬の北海道も見てみたい。

白い手帳のだいぶ先、まだ白紙のページを見ながら、なつきはそんなことを考えている。

解説

作《さく》道《どう》雄《ゆう》（映画監督・脚本家）

感動を、どうやって人に伝えるか。

美しい光景を見た時、何気ない日常がいつもと違って見えた時、街で美しい人を見かけた時――もし自然と頭に音楽が流れたら、君は音楽家になると良い。その瞬間の絵を無性に描きたくなったら、画家になるのが良い。その場に自分がどういるべきかを考えたなら、役者を志そう。言葉が浮かんで書き留めたくなったなら、詩人か小説家になると良い。もしなにも浮かばないなら、感動を心行くまで味わえば良い。決して無理に、表現しようとせずに。

これは私が学生の頃、とある人に言われたことだ。以降、自分の人生の真理の一つとしてこの考え方がある。その人も、誰かから聞いたものらしく、出典は不明だ。

私の場合、その瞬間をどういうフレーム（ヒキかヨリか）で切り取るのかということ。そしてそのフレームの中にいる人は、いったい何をこちらに語りかけているのか、ということ。つまり、映像と言葉の両方が浮かんだ、欲張りなタイプ。そして映画監督になった。

今作に登場する槙田さんと、小学生の遥希くんは、きっと私と同じタイプなのではないか。そんなシンパシーを、感じた。

『いつかこの失恋を、幸せにかえるために』(旧題『#失恋したて』)は、もとは2019年に、小説アプリに連載されていた長編小説だ。スマホでも手軽に読めることを意識されていたのか、中村航さんの小説の中では、まず読み進めやすさという意味で一番ではないだろうか。

北の大地で、劇的な失恋をした大学生のなつき。就職活動もうまくいかず、自分の居場所や進むべき進路が見えずにいる。そんな中、彼女はある動画をきっかけに、父子家庭の親子と出会い、旅をすることに。シンプルなプロットの中に、魔法のようにたくさんの要素が詰め込まれていると感じた。

私が中村航さんの小説にはじめて出会ったのが『100回泣くこと』であったからだろうか、中村さんと言えば恋愛小説の名手、というイメージがあり、実際今作も、恋愛というテーマが一貫して描かれている。

物語の序盤、地質調査のアルバイトという独特な空間での恋の始まりから、突然切り出される終わりまでが丁寧に描かれる。その過程は、恋愛にありがちな、甘さに満ちている。ここで言う甘さとはすなわち、ロマンチックな響きと同時に、ある種共依存的であるというネガティブな意味も含む。

とにかくなつきは、甘い。夢見がちであり、相手のことを盲目的に信用する善き人である。そんな彼女が、一世一代の大失恋とでも言うべき人生の転機に直面し、やがて成長を遂げていく。恋愛の機微や心理を、読者は存分に味わうことが出来る。

物語の後半には、ロードムービーの要素が前面に出る仕掛けが用意されている。なつきが食するもの、見る景色を自分も体験してみたいと読者の多くが思うだろう。失恋したなつきに同情心を抱いていたはずが、段々と彼女のことが羨ましくさえ思えた。サクサクパイも、うに丼もラーメンも、さんまんまも食べてみたい。ホタテタワーにも登りたい。

彼女はそれらに、純粋に感動する。ネットで拾った予備知識や、型にハマった称賛文句なしの、混じりけのない感動。対象物に等身大で向き合うからこそ、自然と沸き起こる感動。

その情感こそがまさに、失恋を癒す最大の特効薬として描かれるのだが、私は彼女の感動の仕方にこそ、強い共感を覚えた。

すなわちこの物語を、冒頭に書いた、感動を人にどうやって伝えるかということを知らずにいた女性が、知っていく話なのだと、私は理解したのだ。

彼女が旅先で出会う槙田さんと遥希くんは、おそらく体感的にそれを知っている。すなわち、映像だ。彼らは映像を使って、瞬間の感動を半永久的に残すことに、成功している。

彼らが大切にしている映像（映画）は、セルフドキュメンタリー的なものであり、槙田さんがディレクター兼カメラマンとして手持ちで撮影を続け、不器用に編集したものだろう。モノローグが多用された映像ということで、見る人が見ると退屈に感じてしまうものかもしれない。

しかしこういった類の映像は、説明を欲する心理を排除できるようなタイミングで見られた時、刻まれたポエジーが、視聴者にダイレクトに語りかけてくる場合がある。とても雄弁に、切なくも、楽し気に。

槙田さんの映画とはどんなものなのか、想像してみる。

マイクは、カメラについている簡易的なものではないか。襟裳岬《えりもみさき》で吹く強風により、ゴーッというノイズが入っているかもしれない。映像の明るさや色味は、コントラストの淡い、それでいて色調を感じるもの。ミラーレス一眼カメラで器用に撮影された映像では、ないはずだ。手持ちによる手ブレも多いのではないだろうか。決して見やすいとは言いにくいが、その分槙田さんの意図や気持ちが強く伝わってくるだろう。

主人公なつきは、槙田さんの映画を鑑賞し、涙した。これがもし失恋前の彼女であったら。隣にいる恋人に、シーンの意味を訊ねていたかもしれない。感想を聞きたいとか、どんな感想を言おうかという気持ちで途中から見てしまっていたかもしれない。その場合、槙田さんの映画はどれほど彼女の心に迫れただろうか。

孤独な時にこそ、人はもっとも感動するのかもしれない、と思う。

心がポジティブな方に動いたとしても、かつて抱いたことのない感情に身を包まれると、どうすれば良いのかわからず（どう記憶すれば良いかわからず）、戸惑うものだ。故に、他者を必要としてしまう。無理に言葉に変換してしまう。映えるかどうかが、最大の価値基準になってしまう。

決して、一人でいることを推奨しているわけではない。たとえば映画を見終わった後、感想を誰かと語り合う時間は至福である。

しかし隣に誰かがいたとしても、五感を働かせるのは、自分一人の力によるしかない。対象物を見ている時に私たちは紛れもなく孤独であり、だからこそ等身大で受け止めた感動は、手軽にラベリングされたそれと違って、新しい何かを生み出すのだろう。人との新たな繋がりだったり、表現者の場合は作品だったり。

旅の終わり、なつきは新たな境地に至り、次の人生を歩み出す。失恋の先に、独りでいる力を、彼女は知ったのだ。

なんとも言葉では表現しにくい、極めてパーソナルな感慨。これを一つでも二つでも持っておくことが、人生を豊かにする秘訣なのかもしれない。なつきは私に、そんなことを教えてくれた。

否《いや》そんなこと、なつき（そして中村航さん）は伝えるつもりなどなかったかもしれないが……それでもまあ、良い。これは私の、極めてパーソナルな感慨だ。

ところで中村航さんとは、ある映画の製作過程で出会って意気投合し、公私ともに仲良くさせていただいている。

中村さんは、小説だけではなく、作詞やアニメのストーリー原案、小説投稿サイトの運営やVTuberのプロデュースなど、あらゆるプロジェクトを手掛けていらっしゃる。なんとも「企み」に満ちた方である。

そしてその「企み」は、小説内にも密かに施されていた。作中、幸福駅のメッセージカードには、他の中村航作品を愛する方が読むと、ニヤッとできる遊び心が幾つか。次の企みはどんなものだろうか。どんな新しい感動を、提案してくれるのだろうか。きっともう、中村さんの頭の中には、幾つもあるのだろう。

本書は、二〇一九年八月にＬＩＮＥノベルより
刊行された単行本『#失恋したて』を改題し、
加筆修正のうえ、文庫化したものです。

いつかこの失恋《しつれん》を、幸《しあわ》せにかえるために

中村《なかむら》 航《こう》

令和4年 11月25日　初版発行

発行者●山下直久

発行●株式会社KADOKAWA
〒102-8177　東京都千代田区富士見2-13-3
電話　0570-002-301（ナビダイヤル）

角川文庫 23417

印刷所●株式会社暁印刷
製本所●本間製本株式会社

表紙画●和田三造

●お問い合わせ
https://www.kadokawa.co.jp/（「お問い合わせ」へお進みください）
※内容によっては、お答えできない場合があります。
※サポートは日本国内のみとさせていただきます。
※Japanese text only

ISBN 978-4-04-113101-5　C0193

JASRAC 出 2207236-201

◇◇◇

角川文庫発刊に際して

角川源義

第二次世界大戦の敗北は、軍事力の敗北であった以上に、私たちの若い文化力の敗退であった。私たちの文化が戦争に対して如何に無力であり、単なるあだ花に過ぎなかったかを、私たちは身を以て体験し痛感した。西洋近代文化の摂取にとって、明治以後八十年の歳月は決して短かすぎたとは言えない。にもかかわらず、近代文化の伝統を確立し、自由な批判と柔軟な良識に富む文化層として自らを形成することに私たちは失敗して来た。そしてこれは、各層への文化の普及滲透を任務とする出版人の責任でもあった。

一九四五年以来、私たちは再び振出しに戻り、第一歩から踏み出すことを余儀なくされた。これは大きな不幸ではあるが、反面、これまでの混沌・未熟・歪曲の中にあった我が国の文化に秩序と確たる基礎を齎らすためには絶好の機会でもある。角川書店は、このような祖国の文化的危機にあたり、微力をも顧みず再建の礎石たるべき抱負と決意とをもって出発したが、ここに創立以来の念願を果すべく角川文庫を発刊する。これまで刊行されたあらゆる全集叢書文庫類の長所と短所とを検討し、古今東西の不朽の典籍を、良心的編集のもとに、廉価に、そして書架にふさわしい美本として、多くのひとびとに提供しようとする。しかし私たちは徒らに百科全書的な知識のジレッタントを作ることを目的とせず、あくまで祖国の文化に秩序と再建への道を示し、この文庫を角川書店の栄ある事業として、今後永久に継続発展せしめ、学芸と教養との殿堂として大成せんことを期したい。多くの読書子の愛情ある忠言と支持とによって、この希望と抱負とを完遂せしめられんことを願う。

一九四九年五月三日

角川文庫ベストセラー

泣く大人　江國香織

夫、愛犬、男友達、旅、本にまつわる思い……刻一刻と姿を変える、さざなみのような日々の生活の積み重ねを、簡潔な洗練を重ねた文章で綴る。大人がほっとできるような、上質のエッセイ集。

はだかんぼうたち　江國香織

9歳年下の鯖崎と付き合う桃。母の和枝を急に亡くした、桃の親友の響子。桃がいながらも響子に接近する鯖崎……〝誰かを求める〟思いにあまりに素直な男女たち＝〝はだかんぼうたち〟のたどり着く地とは――。

偶然の祝福　小川洋子

見覚えのない弟にとりつかれてしまう女性作家、夫への不信がぬぐえない妻と幼子、失踪者についつい引き込まれていく私……心に小さな空洞を抱える私たちの、愛と再生の物語。

夜明けの縁をさ迷う人々　小川洋子

静かで硬質な筆致のなかに、冴え冴えとした官能性やフェティシズム、そして深い喪失感がただよう――。小川洋子の粋がつまった粒ぞろいの佳品を収録する極上のナイン・ストーリーズ！

不時着する流星たち　小川洋子

世界のはしっこでそっと異彩を放つ人々をモチーフに、現実と虚構のあわいを、ほんのり哀しく、滑稽で愛おしい共感の目でとらえた豊穣な物語世界。バラエティ豊かな記憶、手触り、痕跡を結晶化した全10篇。

角川文庫ベストセラー

かなしみの場所　大島真寿美

離婚して雑貨を作りながら細々と生活する果那。離婚のきっかけになった出来事のせいで家では眠れず、雑貨の卸し先梅屋で熟睡する日々。昔々、子供の頃に誘拐されたときのことが交錯する、静かで美しい物語。

ほどけるとける　大島真寿美

女の子特有の仲良しごっこの世界を抜け出したくて、高校を突発的に中退した美和。祖父が営む小さな銭湯を手伝いながら、取りまく人々との交流を経て、進路を見いだしていく。ほわほわとあたたかな物語。

モモコとうさぎ　大島真寿美

モモコ、22歳。就活に失敗して、バイトもクビになって、そのまま大学卒業。もしかしてわたし、誰からも必要とされてない――？　現代を生きる若者の不安と憂鬱と活路を見事に描きだした青春放浪記！

恋をしよう。夢をみよう。旅にでよう。　角田光代

「褒め男」にくらっときたことありますか？　褒め方に下心がなく、しかし自分は特別だと錯覚させる。ついに遭遇した褒め男の言葉に私は……ゆるゆると語り合っているうちに元気になれる、傑作エッセイ集。

薄闇シルエット　角田光代

「結婚してやる」と恋人に得意げに言われ、ハナは反発する。結婚を「幸せ」と信じにくいが、自分なりの何かも見つからず、もう37歳。そんな自分に苛立ち、戸惑うが……ひたむきに生きる女性の心情を描く。

角川文庫ベストセラー

角川文庫ベストセラー

Burn. －バーン－　加藤シゲアキ

天才子役から演出家に転身したレイジは授賞式帰りの事故により抜け落ちていた20年前の記憶が蘇る。渋谷の街で孤独な少年を救ってくれた不思議な大人との出逢いと別れ、彼らとの過去に隠された真実とは――。

傘をもたない蟻たちは　加藤シゲアキ

天才肌の彼女に惹かれた美大生の葛藤。書いた原稿がそのまま自分の夢で再現される不思議な現象にのめりこんでいく小説家の後悔……単行本未収録作「おれさまのいうとおり」を加えた切ない7編。

ナラタージュ　島本理生

お願いだから、私を壊して。ごまかすこともそらすこともできない、鮮烈な痛みに満ちた20歳の恋。もうこの恋から逃れることはできない。早熟の天才作家、若き日の絶唱というべき恋愛文学の最高作。

一千一秒の日々　島本理生

仲良しのまま破局してしまった真琴と哲、メタボな針谷にちょっかいを出す美少女の一紗、誰にも言えない思いを抱きしめる瑛子――。不器用な彼らの、愛おしいラブストーリー集。

クローバー　島本理生

強引で女子力全開の華子と人生流され気味の理系男子・冬治。双子の前にめげない求愛者と微妙にズレてる才女が現れた！　でこぼこ4人の賑やかな恋と日常。キュートで切ない青春恋愛小説。

角川文庫ベストセラー

波打ち際の蛍
島本理生

DVで心の傷を負い、カウンセリングに通っていた麻由は、蛍に出逢い心惹かれていく。彼を想う気持ちと不安。相反する気持ちを抱えながら、麻由は痛みを越えて足を踏み出す。切実な祈りと光に満ちた恋愛小説。

シルエット
島本理生

人を求めることのよろこびと苦しさを、女子高生の内面から鮮やかに描く群像新人文学賞優秀作の表題作と15歳のデビュー作他1篇を収録する、切なくていとおしい、等身大の恋愛小説。

リトル・バイ・リトル
島本理生

ふみは高校を卒業してから、アルバイトをして過ごす日々。家族は、母、小学校2年生の異父妹の女3人。習字の先生の柳さん、母に紹介されたボーイフレンドの周、2番目の父——。「家族」を描いた青春小説。

生まれる森
島本理生

失恋で傷を負い、夏休みの間だけ一人暮らしを始めたわたし。再会した高校時代の友達や彼女の家族と触れ合いながら、わたしの心は次第に癒やされていく。少女時代の終わりを瑞々しい感性で描く記念碑的作品。

本をめぐる物語 一冊の扉
中田永一、宮下奈都、原田マハ、小手鞠るい、朱野帰子、沢木まひろ、小路幸也、宮木あや子
編／ダ・ヴィンチ編集部

新しい扉を開くとき、そばにはきっと本がある。遺作の装幀を託された〝あなた〟、出版社の校閲部で働く女性などを描く、人気作家たちが紡ぐ「本の物語」。本の情報誌『ダ・ヴィンチ』が贈る新作小説全8編。